SECRETOS DE MÉDICO:
LAS COSAS QUE NUNCA ESPERÉ

Dr. Misael González

Diseño gráfico: Gastón Virkel.
Diseño y foto de portada: Dairon Martínez
Producción y diseño: Suburbano servicios editoriales.

ISBN -10: 0-9988477-0-4
ISBN -13: 978-0-9988477-0-2

A la memoria de mi padre, Ramón Enrique González.
Has estado presente en cada historia que aquí narro.

Y cada vez que estoy en apuros, actúo como si hubieras estado aquí,
guiando mis pasos. Espero que desde el cielo estés orgulloso de mí.

Agradecimientos

Dios, mi roca firme, mi refugio en la adversidad.

Febe Machado: madre, amiga y confidente, guerrera silenciosa; a veces creo que el dolor de tus rodillas viene de tus horas postradas implorando la bendición de Dios para tus hijos.

Azael y Ariel: hermanos que adopté como a hijos cuando papi se nos fue de repente aquel 4 de abril en que tú, Achi, cumplías dieciséis años de edad. Lo hice con orgullo. Estudié y luché para que ustedes no pasaran tanto trabajo... y así la cadena se fue alargando: llegaron las cuñadas, los sobrinos, el sobrino nieto y dónde dejar a los primos y a los primos segundos, a los tíos. Porque para los cubanos, no existe eso de familia nuclear y familia extendida. Todos somos familia. Hasta los vecinos.

Otras dos personas que ya no están inspiraron mi vida: mi abuela Irene, a quien dedico un capítulo de este libro por esconderme bajo su saya el día en que mi papá me fue a pegar injustamente. Ella recibió un cintazo en mi lugar, pero no dejó de cubrirme. La otra es mi tía Georgina, quien pidió a mi mamá que me pusiera Misael cuando nací.

No me alcanzaría este libro para seguir agradeciendo a tanta gente querida. Si crees que eres parte de este libro y de mi vida, te digo ¡gracias!

Anja, tú sabes que eres especial en mi vida. No hay más que decir.

Medical Disclaimer

This book contains information that is intended to help the readers be better informed consumers of health care. It is presented as general advice on health care, and includes general advice based on the authors personal experiences. However, any such advice is not meant to be applied to any specific person or circumstance. Always consult your doctor for your individual needs. This book is not intended to be a substitute for the medical advice of a licensed physician or health care provider. The reader should consult with their doctor in any matters relating to his or her health. Similarities in circumstances between the stories included in the book and any reader or consumer's circumstances, are not endorsements of a specific diagnosis or recommendation for treatment. The anecdotal stories contained herein, include names and identifying details that have been modified or changed in order to protect the privacy of certain individuals. None of the diagnosis, recommendations, advice or courses of treatment contained in the stories and anecdotes in the book, constitute advice, warranties, or professional assistance. There is absolutely no assurance that any statement contained or cited in the book touching on medical matters is true, correct, precise, or up- to-date. The content, stories and anecdotes contained in this book are for entertainment purposes only, and the author's statements or opinions expressed are general in nature.

Exención de responsabilidad médica

Este libro contiene información que pretende ayudar a los lectores a ser mejores consumidores del cuidado de la salud. Se presenta como asesoramiento general sobre atención de la salud, e incluye asesoramiento general basado en las experiencias personales del autor. Sin embargo, cualquier consejo de este tipo no está destinado a ser aplicado a cualquier persona o circunstancia específica. Siempre consulte a su médico para sus necesidades individuales Este libro no pretende ser un sustituto del consejo de un médico licenciado o proveedor de atención médica. El lector debe consultar con su médico en cualquier asunto relacionado con su salud. Semejanzas entre las circunstancias en las historias incluidas en el libro y las circunstancias del consumidor, no son endosos de un diagnóstico o una recomendación específica para tratamientos médicos. Las anécdotas contenidas en el libro incluyen nombres e información identificativa que han sido modificadas para proteger la privacidad de ciertos individuos. Ninguno de los diagnósticos, recomendaciones, consejos o cursos de tratamiento contenidos en las historias y anécdotas del libro constituyen asesoramiento, garantías o asistencia profesional. No hay absolutamente ninguna garantía de que cualquier declaración contenida o citada en el libro que toca en asuntos médicos es verdadera, correcta, precisa o actualizada. Las historias y anécdotas contenidas en este libro son sólo para fines de entretenimiento y las declaraciones u opiniones expresadas por el autor son de naturaleza general.

ÍNDICE

PRÓLOGO

Las cosas que nunca esperé.

Nunca sé de qué rincón me va a salir un paciente. Se me aparecen en la gasolinera, en la farmacia y hasta en los lugares donde suelo ir a cenar. Me saludan con genuino afecto, aunque yo nunca los haya visto antes.

"Doctor, lo vimos en 'Caso Cerrado'. Se ve igualito que en la televisión", me dicen, generosos. Y es que, además de los pacientes a los que atiendo en la consulta privada que dirijo desde hace más de quince años en la ciudad de Miami, tengo miles de pacientes a través de mi participación en los medios de habla hispana locales y nacionales, tanto en Estados Unidos como en Latinoamérica.

Mis pacientes están en todas partes: me saludan en la calle, me escriben por Facebook o a través de mi sitio de internet, y me conozcan o no, no es nada raro que sientan la confianza de ponerme la mano en el hombro o de abrazarme. Sin pena alguna me dicen que aquello que recomendé para "usted sabe, doctor, aquella cosilla" les funcionó de maravilla. A menudo me enseñan las fotos de sus nietos, me echan bendiciones, y últimamente cada vez más, me hacen una pregunta que nunca deja de sorprenderme.

Comienzan con: "Doctor Misael, es que a mí me gusta usted porque usted dice las cosas como son, como yo las entiendo. Mi médico siempre está corriendo, y cuando le hago una pregunta, no entiendo lo que me contesta y me da vergüenza preguntar, usted sabe".

Y es ahí donde viene la pregunta que me deja loco: "Dígame, doctor, ¿cómo fue que usted aprendió esa forma de ser médico?, ¿de decir lo que nadie se atreve a decir?".

Lo que realmente me están preguntando es cómo fue que me convertí en un médico que se rige por el sentido común y el corazón antes que por los seguros médicos, los grandes intereses o los convencionalismos que defienden tantos de mis colegas.

¡Ay, mi querido amigo o amiga! Comienzo por decirte que no se lo recomiendo a nadie. Que he pasado por pruebas que no desearía ni para mi peor enemigo, pero que la buena noticia es que no me arrepiento de nada. Creo firmemente que esas cosas que nunca esperé, y que por poco me destruyen, también me enseñaron a ser un mejor médico. A proteger mi esencia compasiva, ese sentimiento que me llevó a estudiar esta hermosa profesión no una, sino dos veces. A que me importara más el dolor de un paciente que el poder comprarme un bote con el cual dármelas de millonario.

Pero eso sí, amigo mío, me ha costado lágrimas, pacientes, negocios, fama y oportunidades, porque en la era moderna parecería que el sentido común y la medicina diaria estuvieran peleadas a muerte y no es cierto. El sentido común solo molesta a los que quieren lucrar con nuestras enfermedades, con nuestras debilidades.

Por eso he escrito este libro. Quiero contarte de mí para que, si un día nos encontramos, tú también te atrevas a venir a saludarme, a darme un abrazo. Pero más que eso, quiero que te sientas en la confianza de usar tu sentido común para informarte sobre tu salud, para tomar mejores decisiones, para vivir más tiempo y mejor, para que nadie te venda gato por liebre y para que tengas fe en que no soy el único médico que te puede ayudar. ¡Para nada! Muchos luchamos por mejorar el sistema y ayudar a nuestros pacientes, y son ustedes los que, con sus preguntas, informándose, nos ayudan cada día a ser mejores.

Recibe, pues, mis relatos sobre esas cosas que nunca esperé en mi camino por la profesión medica. Ojalá que, de cada uno, logres extraer algo que te ayude. Ya me contarás cuando nos encontremos por la vida.

Hasta entonces,
Tu médico, el doctor Misael

· · ·

Capítulo 1
Decisión correcta. Respuesta inesperada.

Seguro has escuchado decir que es común que los pacientes se enamoren de sus médicos. Yo te diría que no es nada común, y menos común aún es que un médico se enamore de un paciente en el sentido romántico de la palabra. Lo que sí ocurre a veces es un enamoramiento de ambas partes, llamémosle más bien *encariñamiento*. ¿Cómo no encariñarte con quienes ponen su vida y la de los suyos en tus manos, especialmente cuando te parecen buenas personas que luchan por echar adelante a sus familias?

En Cuba, por ejemplo, los médicos llegamos a formar parte de la familia de los pacientes. Con cada uno de ellos nace una conexión especial que nos permite conocerlos mejor y ganar mayor confianza a la hora de buscar respuestas a sus dolencias. Por esta razón, muchas veces mis pacientes me invitan a su casa a cenar, a compartir con ellos sus eventos sociales o familiares.

Así me pasó con una pareja de esposos a quienes llamaré Carlos y Amanda.

Un día, examinando el vientre de Carlos durante un chequeo de rutina, palpé el cáncer de colon que amenazaría su vida. La colonoscopía que le mandé confirmó mis sospechas, el cirujano que le recomendé le salvó la vida, y durante un tiempo todo fue alivio y alegría. Durante ese mismo tiempo, me encariñé aún más con aquella pareja de sesentones.

Y es que, durante la enfermedad de Carlos, tuve tiempo de conocer a Amanda, de ver su desconsuelo ante mi diagnóstico, de esperar con ella, orando, por el resultado de la operación, y luego, de ver cómo el alma le volvía al cuerpo cada vez que un examen confirmaba que el cáncer de Carlos seguía en remisión.

Dos años después, Carlos y Amanda se habían convertido en mis pacientes favoritos, pero era Amanda la que más atención requería. Padecía de diabetes y había engordado mucho, lo cual hacía más difícil el control de la enfermedad. Trabajaba como cajera en una cadena de supermercados, por lo que pasaba de pie la mayor parte de su jornada laboral. Ganaba el salario mínimo que exigía la ley en el estado de la Florida y que no rendía para nada. Por supuesto que Amanda siempre estaba estresada ante la posibilidad de que faltara el dinero.

Menos mal que, gracias al trabajo de Carlos en una empresa de construcción en donde estaba asociado al sindicato, ambos tenían seguro de salud. Tenían muchos años de matrimonio y, hasta donde pude ver, se respetaban y se amaban.

Recuerdo con claridad aquel sábado caluroso en el que recibí la llamada de Carlos. Ya intuía que algo no estaba bien, pues uno se da cuenta cuando una energía rara se concentra, generando esa sensación en la boca del estómago que nos advierte que estamos a punto de recibir una mala noticia.

-Doctor, estamos en el Hospital -me dijo Carlos con voz temblorosa.

-¿Qué pasó? -pregunté de inmediato, pidiéndole que mantuviera la calma y me contara despacito.

-Teníamos el día libre y estábamos en la casa, yo en la sala leyendo el periódico y Amanda colando café en la cocina. De repente escuché un estruendo y me asusté y corrí hasta la cocina. Estaba desmayada en el piso con todo y cafetera.

-¿Quién llamó al 911? -pregunté, sin poder evitar contagiarme con el nerviosismo de Carlos.

-Yo, doctor, pero ni me acuerdo de haberlo hecho. Después me quedé allí con ella, gritándole que me respondiera.

-¿Y lo hizo en algún momento?

-No, doctor, siguió inconsciente, aunque respirando, hasta que llegó el rescate.

Me contó también que, pasados unos quince minutos, los paramédicos le habían hecho un electrocardiograma, y que no encontraron nada que apuntara a lo que había ocurrido. Que sus signos vitales y hasta la glicemia estaban dentro del límite de lo normal, pero que, a pesar de todo, ella seguía mareada y pálida, y decidieron llevarla la sala de emergencia del hospital más cercano.

Una vez allí, y a pesar de que todos los exámenes salieron bien, la dejaron internada en la sala de Telemetría para monitorear el corazón y descartar la posibilidad de una arritmia.

-Estamos en el segundo piso, doctor -me dijo Carlos, terminando de darme el parte con la voz bajita.

Yo sabía lo que me estaba pidiendo, aunque no me lo hubiera pedido con palabras, y aunque no tenía privilegios para ver pacientes en ese hospital y tendría que llegar allí como cualquier otro visitante, solté lo que estaba haciendo aquel sábado y me fui para allá.

Caminando por el pasillo del segundo piso hacia el cuarto de Amanda, me encontré con el médico que la había admitido. Él me conocía de otro hospital en el que yo admitía a mis pacientes y me saludó cordialmente. Cuando le pregunté por Amanda, me dijo:

-Pues tuvo un verdadero síncope cardíaco. No la voy a dejar salir de aquí sin un chequeo cardiovascular completo. Ya le indiqué un ecocardiograma y repetiré las enzimas cardíacas en veinticuatro horas, porque las que le hicieron al llegar a Emergencias estaban normales. Si no aparece nada, la enviaré a la Universidad para un estudio electrofisiológico, porque debió tener una arritmia importante para haber sufrido un desmayo tan repentino.

La puerta del cuarto de Amanda estaba casi abierta. Entré sin hacer ruido para no interrumpir su descanso, pero inmediatamente abrió los ojos y sonrió al verme. Su esposo había ido a la cafetería del hospital por el café que no se pudo tomar en la casa con ella.

Y hago un paréntesis aquí para contarte que, para nosotros los médicos, es difícil dejar de pensar. La mente siempre está trabajando. Mientras escuchamos a los pacientes contar sus dolencias, vamos enlazando y planteándonos posibles síndromes para luego llegar a un diagnóstico. La medicina no es una ciencia exacta, y a veces síntomas similares tienen diagnósticos diferentes, dependiendo de la edad, del sexo y hasta del lugar donde ocurren los hechos. A mí no me parecía que una mujer de 65 años sin historia cardíaca, diabética y obesa, hubiera tenido un desmayo súbito por causas cardíacas cuando su diabetes estaba mejor controlada que nunca.

Al mirarla, noté que su tez tenía un color pajizo, un tono amarillo pálido como el color del heno o la paja donde reposan los animales en los establos, y que no tiene relación directa con el hígado o las enzimas hepáticas. Antiguamente, en la medicina se decía que, cuando un paciente venía con este color, había que pensar en cáncer. Tal vez por eso pensé en un insulinoma (tumor del páncreas que, al producir descargas súbitas de insulina, provoca una hipoglicemia que rápidamente hace al paciente caer al suelo), pero yo, al no tener derechos en ese hospital y no ser el doctor que la había admitido, no me podía poner a examinarla. Tampoco era ético que me pusiera a discutir posibilidades diagnósticas con el médico encargado si solo se trataba de una hipótesis que tendría que esperar confirmación hasta que él terminara su trabajo.

Cerrando una breve conversación con Amanda, quien solo recordaba estar en la cocina y de pronto verse tirada en el suelo, le dije:

-Tan pronto salgas de aquí, te espero al día siguiente en mi consultorio para revisarte. Personalmente, no creo que sea el corazón lo que te está dando problemas, pero, aunque soy tu médico primario, no tengo potestad para tomar decisiones en este hospital y no puedo entrar en contradicción con los doctores aquí. Solo vine a verte para asegurarme de que todo estuviera bajo control y, ya sabes, si te dan el alta el viernes, quiero verte en mi oficina el lunes.

Una semana después llegó a mi oficina con todos los estudios cardiovasculares y electrofisiológicos realizados en el hospital, todos negativos. La acosté cuidadosamente en la camilla y fui directo a palparle el abdomen. Para mi sorpresa, mis dedos encontraron una masa de casi cinco centímetros en el centro del epigastrio (lo que comúnmente llamamos la boca del estómago). Repetí el procedimiento varias veces, y cada vez, volví a sentir lo mismo.

-¿El médico del hospital no te examinó el abdomen? -le pregunté.
-No, doctor. Él solo me auscultó el pecho, pero son pocos los doctores que hacen lo que usted hace.
-¿A qué te refieres?
-Que usted la revisa a una de arriba a abajo y sin miedo.
-Así mismo es -le contesté con una sonrisa, a la vez que llamaba a mi técnica de ultrasonidos para ordenar un examen completo del abdomen de Amanda. Cuando lo hice, sabía que su seguro médico no me lo pagaría, porque no estaba dentro de mi contrato con ellos, pero cuando se necesita hacer un diagnóstico certero, el dinero no puede ser la prioridad en una práctica médica.

Seguí atendiendo a los otros pacientes que tenían cita ese día. Había transcurrido más de una hora cuando mi técnica de ultrasonidos se apareció con cara de piedra a preguntarme si yo tenía un minuto para ella.

-Doctor, se me está haciendo difícil ver los órganos en el ultrasonido de Amanda. Es que ella está bien gordita y tiene muchos gases, y encima de todo eso, estoy viendo una masa de más de cinco centímetros y no estoy segura de si es la cabeza del páncreas, o qué.

-¿Tú miraste lo que escribí hoy en la nota de su examen físico? -le pregunté.

-No, no lo vi.

-Ve y léelo.

Lo hizo y regresó a donde yo estaba, anonadada.

-Ni sigas haciendo el ultrasonido -le dije-. De todas maneras, hay que ordenarle una tomografía axial computarizada del abdomen para remitirla a un cirujano.

Al siguiente día, tal y como me esperaba, su seguro de salud no quiso autorizar el estudio sin hablar conmigo, pues no podían entender que yo estuviera ordenando una tomografía a una paciente que acababa de salir del hospital, con un costo que excedía los treinta mil dólares.

-No es mi culpa -les dije-. Ustedes usan médicos que ven a más de treinta pacientes diarios pero ni conocen ni examinan bien a los enfermos. Les pagan para que los admitan y los procesen rápido, y así no siempre se puede hacer el diagnóstico correcto. Son como autómatas que siguen una rutina, mandan miles de pruebas a ver si aparece algo, y luego los mandan para que sea el médico primario el que los siga como debieron hacer desde el principio y sin tener que gastar dinero en pruebas innecesarias.

Normalmente, evito enfadarme con los seguros, precisamente porque son ellos los que pagan y tienen el control en la mano. Pero ese día fue como si la frustración de años se me hubiera acumulado en el pecho. Mi ira también tenía que ver con el cariño que les había tomado a Carlos y a Amanda y con lo mucho que me entristecía saber lo que les esperaba ni dos años después de que Carlos se recuperara del cáncer que tanto los había sacudido.

La representante del seguro comenzó a discutir, pero yo no la escuchaba.

-Esta paciente tiene un tumor en la cabeza del páncreas -la interrumpí-. Si no aprueban la tomografía, voy a llamar a un centro donde la hacen por doscientos cincuenta dólares a pacientes sin seguro, y aunque lo tenga que asumir de mi bolsillo, le voy a realizar el procedimiento, porque ya le hice el ultrasonido en mi oficina, que ustedes tampoco van a pagar, y necesito la tomografía para poder remitirla al cirujano. ¡Tiene un tumor! Y lo más probable es que sea maligno. Hay que salvarla.

Así fue como autorizaron la prueba diagnóstica y la referí con uno de los mejores cirujanos oncólogos de Miami, quien ya había operado a varios de mis pacientes.

Tres semanas después, Amanda estaba operada y recuperándose satisfactoriamente en casa con su esposo.

Pero tres meses después recibí en mi oficina la carta del seguro de Amanda en la que me comunicaban la cancelación de mi contrato "sin causa".

Cuando reclamé, me contestaron algo así como "estamos ejerciendo el derecho de cerrar el contrato de la misma manera en que usted puede decidir mañana no trabajar más con nosotros".

A ti no puedo mentirte, querido amigo o amiga. Me sorprendió. Me dolió. Me desconcertó.

Hice varias llamadas. Escribí un correo electrónico al presidente de la compañía de seguros, quien me prometió investigar el asunto y responderme, pero jamás lo hizo, y luego de varios días de insistir, en una llamada telefónica me explicaron que, como la mayoría de mis pacientes eran Medicare Libre y yo no los había convencido de enrolarlos con ellos, eso les hacía pensar que "no eran mis preferidos" y, por ende, me terminaron el contrato.

La verdad era que el costo de los tratamientos de Amanda superó las ganancias que ese seguro pudo obtener del total de mis pacientes en dicho plan médico, y por eso me terminaron el contrato "sin causa", para ni darme la oportunidad de apelar la decisión.

Me tocaba entonces buscar otros seguros donde pudiera referir a mis pacientes para seguir cuidando de su salud, y lo encontré.

Aún recuerdo el día en que dos señoras encargadas de las relaciones con los proveedores de salud y nuevos contratos del nuevo seguro vinieron a visitarme a la oficina. Eran rubias, de mediana edad, una con acento español y la otra inequívocamente cubana.

Cuando terminé de contarles lo que me había sucedido, la cubana me dijo:

-Doctor, yo fui diagnosticada hace seis meses con cáncer del colon, me operaron y ahora me están dando quimioterapia porque tengo metástasis en el hígado. Yo, mejor que nadie, sé de lo que me está hablando, y créame que yo le voy a dar su contrato. Usted siga haciendo medicina y recuerde que, siempre que se cierra una puerta, otras se abren.

Minutos más tarde, cerramos el contrato.

Siempre he tenido la convicción de hacer el bien sin mirar a quién, y de que todo lo que el hombre sembrare, eso también segará, pero debo reconocer que nunca esperé que la vida me sorprendiera con lo que ocurrió inmediatamente después.

Una vez que el nuevo contrato estuvo listo y con fecha de efectividad para el siguiente mes, mi primera llamada fue para Amanda.

-Ya pueden cambiarse para este seguro Carlos y tú. Tiene mejores beneficios, les regalan vitaminas y suplementos que no necesitan receta médica, les dan hasta derecho a ir a un gimnasio por el que no tienen que pagar. Además, no necesitan autorización para ir a los especialistas, tienen mejor cobertura de hospitales, y así los puedo seguir cuidando como médico primario.

Esperé escuchar su alegría ante la buena noticia, pero las alas del corazón se me cayeron cuando de su boca escuché:

-Nos da mucha pena, doctor, pero no vamos a cambiarnos de seguro. Usted ha sido muy bueno y le estamos agradecidos, incluso porque nos atendió antes de tener este seguro médico, pero, por todos los achaques que tenemos, nos da miedo que el otro seguro no nos cubra y este nos ha pagado todo. Preferimos los dos quedarnos donde estamos. Otra vez le agradecemos todo lo que ha hecho por nosotros.

No sé cuántos segundos estuve en silencio. Quizás hasta que por fin entendí que ellos no habían entendido nada y colgué el teléfono. Fui yo el que hizo el diagnóstico correcto. Fui yo el que la refirió a tiempo para la operación que le salvó la vida. El seguro le pagó todo porque yo peleé por ella, pero todo eso me costó que me sacaran del seguro y que además los perdiera a ellos como pacientes y como amigos.

El cáncer de páncreas, en particular, suele ser fatal en poco tiempo si no se hace un diagnóstico temprano. Pero puede ser más costoso para nosotros los médicos, quienes salvamos vidas a costa de perder contratos. A pesar de todo eso, creo en lo que me dijo la proveedora con metástasis en el hígado, quien ya murió y a quien le dedico esta historia: "otras puertas se abren. Siempre se abren".

En cuanto a Amanda y a Carlos, me dolió perderlos, pero logré que la mayoría de los otros pacientes cambiaran de seguro, continuaran conmigo, y mi práctica siguió creciendo.

Esta historia tiene ya más de diez años, y para mi alegría, Carlos y Amanda todavía están vivos.

· · ·

Secreto de médico #1

La relación médico-paciente es sagrada. Pon tu salud en manos de aquel médico en quien realmente confíes porque te demuestra que tu salud es lo más importante para él. Las máquinas y los medicamentos son solo instrumentos. Un médico con entrega, talento y conocimiento es la llave a una vida plena, larga y saludable.

• • •

Capítulo 2

Decisión correcta. Respuesta fatal.

Ahora quiero hablarte de mi paciente Julián, un tipo afable y de buen carácter que sufría de diabetes, hipertensión, obesidad mórbida y, por si fuera poco, apnea del sueño.

Al poco tiempo de estarlo tratando, Julián visitó a su cardiólogo y este lo diagnosticó con fibrilación auricular.

El corazón es una bomba que tiene cuatro cavidades: dos aurículas y dos ventrículos. Cuando una aurícula fibrila (no se contrae bien), se forman coágulos que luego son enviados a los ventrículos, y de los ventrículos al cerebro o a los pulmones, causando embolias.

Dado todo esto, su cardiólogo le estaba administrando warfarina, el anticoagulante más viejo que existe (después de la aspirina) para prevenir los embolismos, pero que trae un alto riesgo de sangramiento si no se sigue una dieta libre de vegetales de tallo verde. El tratamiento con warfarina necesita un examen periódico de la sangre para evitar que se acumule hasta llegar a dosis tóxicas, con complicaciones fatales.

Julián había luchado mucho contra su diabetes, y después de que tuvo que empezar a usar insulina, su obesidad empeoró.

Vivía acomplejado, frustrado, y tomaba pastillas para la ansiedad y la depresión que terminaban aumentando su gordura.

Un buen día decidió hacerse la cirugía bariátrica para perder las libras que tenía de más y controlar sus enfermedades, ya que estaba tomando demasiadas medicinas para tener solo cincuenta y un años de edad.

Te confieso, amigo, que al principio yo no estuve de acuerdo, porque había visto como esta operación terminaba en complicaciones para el paciente, que a menudo volvía a engordar, desarrollando además un síndrome de mala absorción intestinal de por vida a causa de haber perdido gran parte de su estómago.

Traté de persuadir a Julian para que no se sometiera a esta cirugía, al menos no en aquel momento, pero se mantuvo firme y seguro en su decisión. Había sido evaluado y autorizado tanto por su cardiólogo como por su psiquiatra, quien le había hecho la evaluación mental requerida para poder someterse a este tipo de operación. Entonces llevaba yo las de perder, así que le hice los exámenes preoperatorios y, muy a mi pesar, le di mi aprobación médica para la cirugía bariátrica.

Así, llegó el día de la esperada operación, que tomó varias horas más de lo normal. El cirujano le aseguró que la demora fue producto de un exceso de sangramiento y del difícil acceso a causa de la gran cantidad de grasa que rodeaba sus órganos abdominales. ¿Lo peor? El cirujano encontró cirrosis en el hígado de Julián. Como su médico de cabecera, me alarmé muchísimo, y cuando regresó a mí -luego de dos o tres semanas-, comencé de inmediato a buscar las posibles causas para esa cirrosis. Él no era alcohólico y su perfil hepático estaba negativo para hepatitis A, B y C, y como tenía historia de hipertrigliceridemia (triglicéridos elevados en la sangre), sospeché que su cirrosis era secundaria a un hígado graso (que ocurre cuando las células de grasa van rompiendo las células hepáticas).

Pero había algo curioso: sus enzimas hepáticas no habían estado elevadas cuando le di la aprobación para la cirugía bariátrica y yo había leído que la cirrosis puede ser una complicación después de este tipo de cirugía, pues al cortar parte del estómago e interferir con la circulación portal (que es la encargada de llevar todos los nutrientes que absorbe el intestino hasta el hígado) se producen cambios en esa zona, y me pregunté, primero, si era una verdadera cirrosis. Y si lo era, ¿no sería la propia operación bariátrica la que la habría causado?

Para añadir insulto a ironía, en la evaluación final encontré que sus plaquetas estaban bajas, así que le recomendé suspender la warfarina. Mi estrategia era que, tan pronto como resolviera el problema de la apnea del sueño usando la máquina que se usa para tratar este trastorno, y con la pérdida de peso, la fibrilación auricular también podría desaparecer. De no ser así, podía remitirlo a un electrofisiólogo para un posible tratamiento de ablación. Mi punto con todo esto era que había alternativas y posibilidades para ayudarlo a vivir bien con el mínimo de medicamentos. Pero para ello me parecía vital descontinuar el uso de la warfarina, pues empeora el descenso de las plaquetas y ponía a mi paciente, que ya había pasado bastante, en alto riesgo de sangramiento.

Y así se lo indiqué a Julián, pero no bien había pasado una semana cuando recibí una llamada telefónica del cardiólogo que lo atendía. Supuse que era él, a pesar de que casi no podía entenderlo por lo estridente de sus gritos, preguntándome por qué le había mandado a suspender la warfarina. Traté de mantenerme en calma mientras daba mis explicaciones al especialista, aunque entre tú y yo, tengo que confesar que me costó tremendo trabajo.

-Óigame, él tiene las plaquetas bajas y si empieza a sangrar, ya sea por la orina, el intestino, la nariz, u otro punto, vamos a tener un problema. No vamos a tener como parar el sangrado. No me permitió terminar mi explicación.
-¡Si no se toma la warfarina, estará a riesgo de un accidente vascular encefálico, y si le da un *stroke* (derrame), usted va a ser el responsable!
-Y si se desangra y se muere, la culpa será suya -le dije, aunque nunca sabré si me escuchó o no, porque me había colgado el teléfono.

Lo que he visto siempre en mi práctica y en la de mis colegas es que, por lo general, los pacientes tienden a tomar más en cuenta las palabras del especialista que las de su médico primario, y Julián no fue la excepción. Reanudó la warfarina, como le indicó su cardiólogo, y desafortunadamente, no habían pasado dos semanas de esto cuando su familia me llamó para comunicarme que había sido llevado de emergencia al hospital, sangrando profusamente por el recto, y que, a pesar de todas las transfusiones de sangre, perdió la batalla por la vida.

¿Te imaginas mi frustración? Mi paciente, que solo había querido tener salud, estaba muerto. Me invadió un sentimiento confuso, compuesto de rabia, frustración, impotencia y una profunda tristeza por él y por su familia.

Varias veces tuve deseos intensos de llamar al especialista para preguntarle si sabía del desenlace del caso. Algunos especialistas hoy día solo están preocupados por el órgano del cuerpo que tratan y no valoran las opiniones del médico general, quien es, al final, el responsable de tratar al paciente como un todo. Definitivamente lo sucedido fue su responsabilidad, aunque creamos que todos tenemos nuestro día para morir escrito en piedra.

Vale subrayar, y es otra de las cosas que me convencen de la responsabilidad del cardiólogo en este caso, que los embolismos que causan *strokes* (derrames) por fibrilación atrial son más fáciles de tratar y revertir que los sangramientos por la warfarina, una vez que esta alcanza niveles tóxicos.

Casi a diario comparto la historia de Julián con mis pacientes que necesitan anticoagulantes. Y lo hago por dos razones: la primera es que es importante que entiendan la relación beneficio-riesgo de tomar medicamentos de doble filo, pues por un lado previenen un potencial *stroke* (derrame), pero por otro te pueden arrebatar la vida en un sangramiento profuso.

La segunda es que quiero que vean la importancia de tener un médico primario que sea quien los refiera al especialista cuando sea necesario. Los primarios y los especialistas no somos rivales. Hay que trabajar en equipo. Lo contrario puede tener resultados fatales.

• • •

Secreto de médico #2

Tus médicos no pueden actuar como candidatos presidenciales en partidos opuestos. Tu cuerpo no es excusa para argumentos políticos baratos. Exige que trabajen en equipo a favor de tu salud, y si no pueden hacerlo, despídelos. Tu salud lo vale.

• • •

Capítulo 3
Medicina defensiva.

Ahora llega el momento de la verdad. El momento de contarte el suceso que me cambió para siempre. Ese momento (o esa colección de momentos) que fue como una pregunta del cielo: ¿quién vas a ser, Misael, un hombre, o un ratón? ¿Un médico de verdad o una bata blanca animada practicando medicina a la defensiva?

Digo que es el momento de la verdad porque, después de que leas este relato, ya no podré esconderme. Me conocerás tal cual soy, con mis fortalezas y debilidades. Me conocerás tanto como me conocen mis amigos más cercanos.

Cuando comencé a estudiar para revalidar la carrera de medicina en los Estados Unidos de América, estaba lleno de ilusiones y metas, pero no comprendía a cabalidad lo que significaba eso de practicar medicina a la defensiva. De mis maestros en Cuba había aprendido lo contrario: que, para llegar a ser un buen doctor, no se podía practicar con miedo.

Los grandes siempre decían: "si cada vez que llega un niño con síntomas respiratorios le recetas un antibiótico por aquello de que 'quizás' sea una infección bacteriana, aun sabiendo que más del 70% de los cuadros respiratorios en los niños son producidos por virus, entonces no estás practicando de manera efectiva". Trataban de transmitir que se necesita pensar, analizar el caso, tener una historia clínica correcta, un buen examen físico, buscar las posibles causas y no administrar medicamentos en forma rutinaria, ya que no todos los organismos son iguales. De ahí que, en la antigüedad, tantos buenos galenos defendieran como tesis máxima que siempre había que tratar al enfermo y no a la enfermedad.

Pero esa lección estaba envuelta en otra, porque lo que también estaban diciendo es que no te puedes acobardar ante la fuerza de "lo que comúnmente se hace" o por "lo que todos los médicos piensan".

Claro que, para seguir ese consejo, se necesita valor, porque otra de las enseñanzas que retengo de aquellos tiempos de mi juventud es que "aprendemos de las equivocaciones".

Como ejemplo, mis maestros argumentaban que, en los exámenes simulados que tomábamos, eran las respuestas que fallábamos las que nunca se nos iban a olvidar. Lo que no decían era que lo mismo no necesariamente aplicaba al examen "de a verdad, verdad", como dicen los mexicanos. En ese, cuando te equivocas, pierdes, y el precio que pagas puede ser tan alto como la libertad, la fe, la carrera, y hasta tu amor propio.

A diferencia de la medicina cubana, la americana es pragmática. Defiende que es mejor aprender de los errores que otros han cometido que de los tuyos propios, para evitar que te cuesten, y que te cuesten caros. De eso se trata practicar medicina a la defensiva.

Ojo: no quiero con esto decir que la carrera de medicina, que es tan sacrificada y compleja, solo la estudian quienes quieren lucrar con ella. Al contrario, aun cuando el dinero es una de las motivaciones de un nuevo médico, se necesita vocación para triunfar y la gran mayoría de mis colegas estudian con el deseo de salvar vidas, de aliviar dolores y de encontrar la cura de las enfermedades.

Muchas veces, lo digo con tristeza, un médico puede verse envuelto en problemas que jamás imaginó vivir, y no necesariamente por descuido, sino por no darse cuenta de que existen intereses creados a su alrededor, casi siempre con el dinero como base del problema. A veces, hasta los mismos pacientes terminan participando en juegos sórdidos que comenzaron sin mala intención.

Y así, cuando menos lo espera el médico, de pronto está involucrado en algo sucio, ilegal, en donde las "evidencias" usadas en un caso legal pueden ser manipuladas, malinterpretadas y hasta fabricadas cuando quienes abren los casos están más interesados en ganar que en saber la verdad y hacer justicia.

Ramón fue mi primera experiencia en ese sentido.

Se llamaba igual que mi padre. Un hombre de cuarenta años con un poquito más de seis pies de estatura. Pesaba un poco más de doscientas libras, sobrepeso que disimulaba muy bien gracias a su tamaño. Era un tipo carismático, amigable y se hacía notar dondequiera que llegaba.

Trabajaba para el gobierno federal en un puesto importante, lo cual le otorgaba cierto prestigio social. Al principio, lo conocía solo de vista. Lo veía ocasionalmente en el gimnasio donde ambos entrenábamos y habíamos coincidido también en algunos eventos sociales. Durante los dos años que trabajé para una clínica privada, vino un par de veces a hacerse chequeos de rutina, pues la clínica le quedaba cerca de su trabajo. Recuerdo que tuve que sacarle sangre un par de veces, aunque no era parte de mis funciones, porque le tenía fobia a las agujas.

Cuando decidí abrir mi propia práctica y, como si fuera cosa del destino o de la casualidad, un día coincidimos en el elevador del edificio donde acababa de rentar la oficina.

-Y tú, ¿qué haces por aquí? -me preguntó.
-Acabo de alquilar oficina en el tercer piso.
-Ah, pero, ¿te fuiste de la clínica entonces?
-Hace poco más de un mes, pero no estaba pensando abrir oficina. Quería dedicarme a hacer consultas a domicilio, pero muchos de mis pacientes de la clínica me han llamado preguntando que a donde me fui, que quieren seguir siendo mis pacientes, y la verdad es que no voy a desaprovechar la oportunidad -respondí.
-Entonces quiero ser tu paciente en la nueva oficina -me dijo-. Sabes que le tengo fobia a las agujas y las veces que me sacaste sangre me fue mejor, así que como tengo que venir aquí varias veces por semana, quiero ser tu paciente, porque aunque no me enfermo mucho, necesito un médico primario.

Al escuchar aquellas palabras, pensé: "¿Quién no quiere tener un paciente VIP? Puedo brindarle un excelente servicio. Eso hará que me recomiende a otros dentro de su círculo, y casi todos tienen seguro médico. Me ayudará mucho a hacer crecer mi práctica médica". Muy lejos estaba yo de imaginar que tales beneficios se convertirían después en una increíble pesadilla.

-Con mucho gusto -le respondí aquella tarde con una sonrisa, mientras sacaba de mi bolsillo la nueva tarjeta de presentación con el número telefónico de la oficina.

Nos dimos la mano, él se bajó del elevador en el segundo piso y yo seguí al tercero pensando: "Ya tengo mi primer paciente y ni siquiera he abierto la práctica oficialmente. ¡Qué buena suerte tienes, Misael!

Aún faltaban cosas por organizar en mi nuevo local, cuando comencé a ver mis primeros pacientes en mi nueva oficina. Era mi primera semana como médico privado y estaba muy feliz, con deseos de comerme el mundo.

Mi enfermera le tomó los signos vitales a Ramón y luego entré yo a completar su historia clínica y a examinarlo. Hasta terminé haciéndole yo mismo la extracción de sangre, porque no era broma lo de su fobia a las agujas. No hizo más que ver a mi enfermera entrar con el equipo de flebotomía en la mano cuando empezó a sudar en evidente pánico.

-Tranquilo, soy yo quien te va a sacar la muestra de sangre -le dije para que se relajara y lo logré.

Estaba por concluir su consulta, cuando me dijo: -Doctor, se me olvidaba lo más importante. Necesito que me repita esta receta de Nutropín.

-¿Qué es eso? Yo solo conozco el Novatropín (metilbromuro de homatropina, una medicina cubana usada para tratar náuseas y vómitos, pero que no se comercializa en Estados Unidos)

-No -contestó con una sonrisa-. Esta es una inyección que me pongo dos veces al día y que no me puede faltar porque la he usado ya por más de dos años, desde que fui diagnosticado con deficiencia de hormona del crecimiento del adulto (hGH) a raíz de un accidente vehicular que sufrí mucho antes, en el cual me golpeé duro en la cabeza.

-Creo que debes explicarte mejor, porque la verdad es que en los años que llevo graduado de médico no recuerdo haber oído algo así.

-Sí, doc. La gente no sabe bien de eso, pero cualquier persona que haya tenido un trauma craneal, ya sea una caída, un golpe repetitivo como los boxeadores, o un accidente automovilístico, como en mi caso, y recibe una contusión cerebral que afecta la glándula hipófisis, puede comenzar a tener deficiencia de la hormona del crecimiento, y a mi edad, que ya no voy a crecer más, se manifiesta por cansancio, falta de concentración, fatiga crónica, etc. Yo, después del accidente, vivía cansado todo el tiempo. No tenía fuerzas ni para trabajar. Me fui a hacer un chequeo completo y me encontraron la deficiencia de la hormona y desde entonces la uso y la verdad mi rendimiento en el trabajo ha cambiado, me ha mejorado la concentración y mi nivel de energía.

-¿Y por qué no vas a un endocrino para que te dé esa receta? Yo te puedo remitir a uno -le sugerí-. Es que yo nunca he prescrito eso y ni siquiera sé cómo se escribe.

-No, es que ya el diagnóstico está hecho -me dijo-. El reemplazo hormonal es de por vida. Es más, usted no necesita ni escribir la receta -continuó mientras sacaba una cajita vacía de su bolsillo.

Despegó de la parte superior de la cajita la etiqueta con el nombre de la medicina y la pegó en mi receta.

-Como ves, los médicos primarios que tuve antes que tú me la dieron, tú solo estás autorizando la continuidad del tratamiento. Solo tienes que escribir "por un año" donde dice "repetir" (en inglés, *refill*) y firmar al lado. Eso es todo.

Yo seguía titubeando, a pesar de que me lo había explicado con tanto detalle que ya no podía tener duda de que me estaba diciendo la verdad.

-Fíjate que esta medicina la tienen controlada -insistió-, que no puedo ir a comprarla a cualquier farmacia. Tengo que mandar la receta por fax al seguro médico para que ellos la autoricen primero, y luego me la mandan por correo postal a la casa, cada tres meses.

Le firmé la receta, le di la mano a mi nuevo paciente para despedirlo y no pensé más en el asunto. Tres años después comenzó la pesadilla.

Para entonces, yo era ya conocido como el médico de "Caso Cerrado", con la doctora Ana María Polo, programa de corte que transmitía la cadena Telemundo y que se convirtió en el show más popular de la televisión hispana en toda América. Yo había progresado en mi práctica, me había cambiado a una oficina más grande, con más empleados, y ofreciendo mejores servicios a mis pacientes.

Una mañana de enero, manejaba hacia la oficina mientras hablaba por teléfono con la emergencia del hospital donde aún prefiero admitir mis pacientes, cuando mi enfermera me llamó tres veces seguidas, algo nada común en ella.

"No entiendo por qué me llama con tanta insistencia, si ella sabe que estoy en camino a la oficina", pensé, tratando de concentrarme en la discusión del caso del paciente que estaba intentando hospitalizar, a pesar del molesto sonido de mi celular anunciándome un cuarto intento de ella por comunicarse conmigo.

Recuerdo que me percaté de lo difícil que se me hacía tener la mente en dos cosas al mismo tiempo y hasta me burlé de mí mismo con un "es que ya no tienes dieciocho años", época en la que solía hacer hasta tres cosas a la vez. Pero como lo que sí me habían dado los años era un poco más de sabiduría y un gran sentido de la responsabilidad, decidí no interrumpir la llamada del hospital y completar las órdenes de admisión con la enfermera de emergencias.

Terminado el ingreso, llamé a la oficina de inmediato para saber la causa de su apuro, y si no es porque estaba sentado y conduciendo, me hubiese caído al suelo de la sorpresa.

-Llego en quince minutos. ¿Qué pasó?
-Se acaba de ir de la oficina un agente del FBI que quería hablar contigo- respondió mi enfermera con voz asustada.
-¿Conmigo? -pregunté sorprendido-. No te preocupes, ya casi estoy ahí -le respondí, al tiempo que mentalmente repetía: "¿el FBI? ¿Un agente del FBI? ¿A mí?".

Y de pronto, como me suele suceder en momentos cumbres en mi vida, sentí una voz que me dijo: "Llama a tu abogado".

Mi abogado es un defensor experto en casos criminales muy respetado en el sur de la Florida, fue fiscal estatal en sus primeros años. Hombre influyente en su gremio, con una ética de justicia como he conocido a pocos e interesado más en la verdad que en ganar en un caso. De él, aprendí que, como en todos los países, hay policías buenos y policías malos. Que cuando un agente, ya sea que se dedique a investigaciones criminales o civiles, llega a la puerta de tu casa o negocio, es porque ya tiene un caso preparado, y lo mejor que puedes hacer, querido amigo, es dejar que tu caso sea manejado desde el principio por un abogado.

-¿Qué hacía un oficial del Buró Federal de Investigaciones en tu consulta? -me preguntó, alarmado-. Necesito su nombre y su teléfono para llamarlo, pero ya.

Llegando a la oficina, lo volví a llamar con la información del agente, y una hora después, me llamó para decirme que el oficial pasaría por su oficina para entrevistarse con él personalmente y que él me llamaría cuando supiera más. Recuerdo que ese día era viernes, y a pesar de que los viernes suelen ser más tranquilos en una oficina médica, ese día llegaron más pacientes que nunca y estuve trabajando sin parar como hasta las cuatro de la tarde, cuando me interrumpió con su llamada.

-¿Quién es Ramón? -me preguntó-.
-Es un paciente mío que trabaja para el gobierno federal, es un activista comunitario bien conocido y participa en casi todos los eventos políticos de la ciudad.
-Pues tenemos un problema con ese sujeto. El agente del FBI me ha traído una orden judicial (*subpoena*, en inglés), pidiendo toda su historia clínica porque están investigando algo que aún no sé lo que es.

Yo seguía perdido. La verdad es que no entendía nada.

-Escucha bien -me dijo-. Vas a hacer dos copias de su récord médico: una la guardas en tu oficina, la otra es para mí. El lunes a las ocho de la mañana me mandas a tu enfermera con el récord original del paciente. El agente del FBI que estuvo en tu oficina esta mañana vendrá a recogerlo a mi despacho el lunes a las ocho y treinta de la mañana.

Te confieso, amigo mío, que me sentí muy asustado. No lograba comprender lo que estaba pasando. Esto, a pesar de que sabía que siempre había actuado rigiéndome por la ética médica y de acuerdo con lo establecido por la ley. También tenía plena confianza en mi abogado, un hombre honesto, con alma de juez, al que siempre le interesa más ser justo que ganar o perder un caso en los estrados.

A la mañana siguiente, ya descansado, me sentí más fuerte, y pensé: "¿cuánto me va a costar todo esto? ¿Por qué pagar un abogado sin haber hecho nada incorrecto?". Busqué en mi maleta de trabajo y encontré el número de teléfono del agente del FBI y lo llamé:

-Mire, si quiere, pase el lunes a recoger la historia clínica del paciente a mi oficina, porque la verdad quiero ahorrarme gastos de abogado y no tengo nada que esconder -le dije, porque así de estúpidos solemos ser a veces.

-No. Usted tiene abogado. Haga lo que él le ha indicado -me respondió, antes de colgar el teléfono sin más ni más, dejándome aún ajeno a la magnitud de lo que se avecinaba.

-Pero, ¿yo no te dije claramente que cuando un agente del gobierno toca tu puerta ya trae un caso o una investigación? -me dijo mi abogado en tono de regaño cuando le conté lo que había hecho.

Llegó el lunes, y allí estaba mi enfermera a las ocho y treinta de la mañana, firmando un papel como custodio de los récords médicos de la oficina y entregando la historia clínica original del paciente al FBI.

Unas semanas después comenzaría mi calvario.

Para muestra te cuento que, tras su primera conversación con el fiscal encargado del caso, mi abogado me llamó con urgencia para interrogarme. Recuerdo que, si se lo hubiese permitido, me habría sentado sobre su escritorio como se le hace a un niño cuando quieres darle confianza.

-Esta conversación es estrictamente confidencial. La ley me permite hablar contigo como cliente sin que quede nada por decir, de la misma manera que un cura y su feligrés hablan en el confesionario, y todo queda en secreto.

Hubo una pausa incómoda y yo asentí que sí, que entendía.

-¿Qué fue lo que hiciste? -me preguntó entonces, mientras venía a sentarse más cerca de mí, en la silla en la que generalmente se sientan sus clientes frente al escritorio.

-¿Yo? No sé a qué te refieres. De verdad que no creo haber hecho nada malo -respondí, entre molesto y nervioso.

Seguía sin entender por qué me habían pedido la historia clínica del paciente. Mi abogado quedó pensativo por unos segundos.

-Misael, esto es más serio de lo que yo pensaba. Acabo de llamar a la Fiscalía Federal (*US Attorney's Office*) y hablé por más de veinte minutos con la fiscal. La llamé para saber si había algo nuevo en el desarrollo del caso y me contestó que está casi lista para arrestarte. Dice que tiene evidencias de que tú falsificaste un diagnóstico para recetarle al paciente una medicina que no era médicamente necesaria con el único propósito de defraudar al seguro del paciente, como el paciente es un empleado del gobierno federal, ellos se toman estos casos de fraude mucho más serio.

Amigo, si antes no me había vuelto loco, me volví loco en ese momento. Yo gritando por dentro, y el abogado seguía hablando y aumentando el pánico dentro de mi cabeza.

-Una de las razones por las cuales no me gustan los casos federales es porque, en los años que trabajé como fiscal estatal, nosotros necesitábamos pruebas contundentes para presentar cargos contra alguien, es decir, evidencias físicas. Pero cuando el caso es federal, no es así. Basta con que haya una alegación que parezca razonable para que la fiscal pueda ir ante un gran jurado a pedir un *indictment* (un cargo) para proseguir a juicio y, ya con eso, pueden arrestarte fácilmente.

Yo seguía sin decir nada. Es que no podía hablar.

-Misael, otra cosa que no ayuda es que Miami se ha convertido en la capital del fraude en estos últimos años, tanto a las compañías de seguros de autos y de casas como a las de seguros médicos, incluyendo los programas de Medicare y Medicaid. Eso hace que todo sea aún más complicado. Estamos ante un grave problema -dijo y, acto seguido, como si creyera que yo no lo había escuchado, lo repitió-. Estamos frente a un grave problema.

... Y el mundo se me vino encima...

Llegué a los Estados Unidos de América el diecinueve de septiembre de 1991. Vine a una actividad musical, invitado por la Iglesia Bautista Libre Renacer de Miami. Yo había recibido clases de piano desde los nueve años, y ya a los catorce era el pianista oficial de la iglesia de la Lisa, municipio de La Habana, Cuba. Con diecisiete años por cumplir, me eligieron director de Música Nacional de la Convención Bautista Libre de Cuba.

Pero te juro, no vine a los Estados Unidos con la idea de quedarme a vivir aquí. Lo que quería era conocer a mi familia materna, que había emigrado a este país meses antes de yo nacer. Once de mis primos nacieron en Nueva York. Yo había orado por ellos durante veinticuatro años pensando que tenían que vivir escondidos del Ku Klux Klan. Al menos eso me habían enseñado en las clases de historia en la escuela primaria. Te imaginarás que quería vivir la alegría de verlos vivos y saludables.

El llegar aquí fue un abrir los ojos de repente, algo mágico para un joven educado en un sistema socialista en el que solo valía una opinión y cualquier otra era considerada apátrida. De hecho, en varias ocasiones había tenido que defender mi educación religiosa, porque en la escuela creían que todos los religiosos éramos testigos de Jehová y a ellos les habían cerrado sus salones de reunión por considerarlos contrarrevolucionarios. De pronto empecé a ver a los supuestos enemigos de la revolución, a los exiliados de Miami, como gente normal, generosa, que simplemente tenían puntos de vista diferentes y podían expresarlos sin ir a la cárcel. Vi de frente la libertad y empecé a descubrir cosas nuevas.

Cuba me había dado un permiso de salida por quince días para venir al evento religioso, pero la visa americana era por seis meses y yo anhelaba ir a Nueva York y a Atlanta para conocer a mis primos, por lo cual, luego de contactarlos y conseguir un pasaje en tren que era más económico, pedí prórrogas al gobierno cubano para poder cumplir ese sueño.

Llegué de vuelta a Miami faltando muy pocos días para mi regreso a La Habana, según el tiempo que me otorgaba el permiso de salida, ya cuestionándome qué pasaría cuando regresara a la isla. ¿Qué les voy a decir a mis colegas en el hospital cuando me pregunten sobre los Estados Unidos? ¿Cómo voy a decirles que los yanquis son malos si me han tratado de maravilla?, me preguntaba una y otra vez. ¿Qué les voy a decir del racismo (aunque exista), si no es como me lo dibujaron?

Nadie que no haya vivido una situación similar puede describir a cabalidad la incertidumbre de tantas preguntas sin respuesta, el gran susto de tomar decisiones que definirán nuestro futuro de alguna manera.

Para colmo, en aquellos días, Cuba celebraba el cuarto congreso del Partido Comunista, donde declararon la isla en período especial (por la dura crisis económica) y aprobaron que los religiosos pudieran pertenecer a las filas del partido que por años los limitó y los excluyó.

Pensé: "¿quién nos va apoyar económicamente si yo regreso a Cuba? ¿Cómo voy a aceptar un carné de militancia en la juventud o el Partido Comunista si a mí casi me niegan la entrada a la Escuela de Medicina?".

Todavía recordaba cuando, en septiembre de 1983, el licenciado Valido, profesor de marxismo-leninismo de la Escuela de Medicina, finalizó la entrevista que me hizo junto a una profesora de embriología para ingresar en el destacamento de ciencias médicas, y acto seguido escribió la siguiente referencia sobre mí:

"Es religioso activo. Va a la iglesia todos los domingos. No se casaría con una estudiante de la Unión de Jóvenes Comunistas y, además, tiene familiares en los Estados Unidos, con los cuales mantiene relaciones. Por lo tanto: no aceptado".

Esa negativa hizo que mi padre y otros líderes religiosos del Consejo Ecuménico de Cuba y del Movimiento Estudiantil Cristiano de Cuba escribieran cartas al gobierno, específicamente al Departamento de Asuntos Religiosos del Comité Central del partido, liderado en aquel entonces por José Felipe Carneado, por violación del artículo 54 de la Constitución de la República. Después de seis largos meses de espera, llegó la ansiada respuesta y, gracias a Dios y a sus "ángeles", pude estudiar medicina.

Al regresar de Nueva York a Miami, y a unos días de mi regreso a la Habana, era yo un saco de interrogantes y sentimientos inesperados, pero después de mucho orar y meditar, decidí poner a prueba mi fe una vez más.

Esa noche tenía una llamada de mi madre. Ella, que me había escrito unas letras, recalcándome que no podía quedarme. Que no olvidara el compromiso con la Iglesia. De una, me levanté de la cama y de rodillas, oré así: "Dios mío, si tu voluntad es que me quede, entonces que sea ella quien me lo pida. Si me dice que tengo que regresar... yo regreso".

Sobre las ocho y media de la noche, sonó el teléfono. Después del saludo y las preguntas de rutina por la familia, llegó la pregunta esperada.

-Papi, ¿qué tú vas a hacer?
-Madre, ¿qué quieres tú que haga?
-Imagínate, yo tengo tremendos deseos de verte y abrazarte, pero yo me resignaría.
-¿Qué? -exclamé perplejo-. ¿Sabes lo que estás diciendo? -le pregunté otra vez.
-Sí, hijo. Esto aquí se ha puesto tan malo de repente que, si vuelves, no lo vas a soportar. Creo que lo mejor es que te quedes, que rehagas tu vida, trates de revalidar tu carrera; es la mejor forma de que nos puedas ayudar y, si Dios quiere, encontraré la manera de irme yo también de aquí, y pronto.

No sé si puedas imaginarte el nudo en mi garganta ante el sacrificio de mi madre.

-Entonces, no hay nada más que decidir, madre. Tú lo has dicho todo -le dije, tratando de mantener la voz firme.

Recordé que algunos días antes, mirando televisión, había visto en el noticiero de las once el velorio de dos balseros que habían sido encontrados sin vida en el Estrecho de la Florida. Mientras veía sus féretros cubiertos con la bandera cubana, algo o "alguien" me dijo: "te han puesto aquí en un avión, ¿y luego vas a querer regresar en una balsa por desesperación?".

Y así, a pesar de mis dudas y de mi compromiso con la Iglesia en Cuba, decidí por el cambio y me quedé en Miami.

Te cuento que esos primeros dos años como inmigrante no fueron fáciles. Mi meta era clara: sabía hacer muchas cosas, tocaba el piano, podía trabajar en el ministerio de alguna iglesia, me gustaba escribir y podía traducir del inglés al español los musicales de Navidad y Semana Santa, pero sabía que mi vocación era la medicina. Mucha gente trató de disuadirme diciéndome que aquí era casi imposible revalidar la carrera y que tendría que conformarme con sacar sangre o con ser asistente médico, tal vez estudiar en un programa acelerado de enfermería o aprender a hacer ultrasonidos u otra cosa relacionada, pero también tuve quien me dio consejos esperanzadores.

En una ocasión, un amigo pastor evangélico me llevó a conocer un médico que ya había pasado uno de los exámenes y este me dijo: "la reválida es difícil pero no es imposible, hay que estudiar mucho, aprender a examinarse en el sistema americano de marcar una respuesta correcta entre varias posibilidades, pero no puedes perder la fe. El que persevera, puede lograrlo".

Eso me dio el impulso para estudiar día y noche mientras buscaba trabajo sin encontrarlo.

Me preocupaba saber que por un lado necesitaba estudiar a tiempo completo, y por el otro, un apoyo económico. La familia que me dio techo y comida esos dos primeros años de mi vida era una familia humilde, amorosa, dadivosa, pero con las necesidades de cualquier recién llegado, y ese segundo padre que Dios me dio, trabajaba de madrugada en una gasolinera, le faltaba una pierna, y con una incómoda prótesis, tenía que salir cada noche para traer el pan a la casa. No sabes lo mal que me sentía de aceptar su caridad.

Recuerdo que un colega que estudiaba conmigo después de trabajar ocho horas en la construcción me dijo un día: "Misa, olvídate de lo que la gente piense, siempre hay alguien que te va a juzgar y a criticar, pero si logras pasar los exámenes, podrás ayudarlos mejor y cambiarás la vida de todos ellos".

... Aún con el mundo encima...

-Eso no es posible -le dije a mi abogado aquella mañana en su oficina-. Yo no he falsificado absolutamente nada. Él vino a mi oficina para hacerse un chequeo médico completo, luego me pidió la receta de la medicina que se estaba inyectando desde hacía dos años. Yo no hice ningún diagnóstico. Él estaba diagnosticado por otro médico, me trajo la evidencia y yo le di la receta de continuación de la medicina que no le podía faltar. De hecho, dos médicos se la recetaron antes que yo. ¿Cómo es posible que me quieran encausar a mí?

-No lo sé, pero la fiscal me ha dicho que tiene pruebas y me temo que sea el mismo paciente el que esté testificando en tu contra, porque he visto casos en los que el paciente termina testificando en contra del médico para salvarse. ¿Conoces la expresión Big Fish? -me preguntó.

-No. Ni idea.

-Pues el gobierno federal, cuando investiga un caso de drogas, llama big fish, o pez grande, a quien está a la cabeza de las operaciones de contrabando y no a quienes venden la droga. Ellos agarran a los delincuentes callejeros, los intimidan y les dicen que, si cooperan, cumplirán menos tiempo en prisión, y así van hasta llegar a la cabeza. Tal vez sea esa la estrategia que están usando en este caso. Comienzan una investigación por fraude y no imaginan que un paciente pueda hacerlo sin que el médico, quien firma la receta, esté involucrado. De cualquier modo, como abogado tuyo, voy a escribirle una carta al paciente con copia a la fiscal para que se vaya buscando a otro doctor mientras continúe el proceso.

De aquel momento recuerdo que una de las cosas que más me atormentaban eran esas cartas entre la fiscal y mi abogado, pues se tornaron muy fuertes según avanzaba el caso. Cada vez que él la llamaba, resumía la conversación telefónica en una misiva y me copiaba a mí. Hoy las guardo como testimonio de que no miento, y ojalá pudiera compartirlas un día públicamente, y puedas sentir lo que yo sentí en aquellos días terribles de mi vida.

Unas semanas después, llamaron a mi enfermera a testificar sobre el caso frente a un gran jurado. Ella recibió inmunidad por la fiscalía. Ni idea tenía de qué se tratara también de una estrategia fiscal para que testificara en mi contra. Se suponía que su testimonio duraría unas pocas horas pues, al final, ella, como custodio de los récords médicos del paciente, solo tendría que verificar que la información era veraz. O al menos, eso creía yo.

Sin embargo, el interrogatorio se extendió un día entero. Recuerdo que hasta le pagaron el equivalente a un día de trabajo, como si yo tuviera la intención de descontárselo por haber faltado ese día a la oficina. Ni por la mente me pasó que el sistema federal pudiera intentar usar a un empleado en contra de su empleador y compensarlo por eso. Mi abogado me asustó cuando me dijo que, en más de veinticinco años de carrera, nunca imaginó que un interrogatorio frente a un gran jurado en un caso médico durara tanto, aunque estos casos no eran su especialidad. Trataba de mostrarse sereno, pero yo lo veía muy preocupado.

Te cuento lo que yo nunca supe hasta aquel momento: un gran jurado en casos federales está formado por un grupo de personas a las cuales los abogados del gobierno les presentan los casos. Ellos entonces deciden con un voto mayoritario si el acusado merece ser encausado. De ser así, se procede al arresto del acusado y de ahí al juicio.

Esto, a diferencia de los jurados en los juicios comunes, donde se necesita un voto unánime de culpabilidad para condenar a alguien. Por el contrario, a un gran jurado federal se le instruye que ellos no están decidiendo culpabilidad y, por lo tanto, es más fácil que voten para que el proceso continúe, pues saben que el resultado final y las consecuencias nefastas al destino de una persona, que muy bien podría ser inocente, no será responsabilidad directa de ellos.

-Tienes que estar preparado -me advirtió mi abogado.
-¿Preparado para qué?
-Esto es muy serio, Misael -me repitió él por enésima vez-. No sé qué tiene la fiscal bajo la manga, ni cuáles son sus verdaderas

intenciones. Si al concluir la declaración de tu enfermera piden un voto al gran jurado para encausarte y votan que sí hay causa probable para juicio, te pueden arrestar esta misma tarde.

Te diría que el corazón se me quiso salir del pecho en ese momento, pero fue más bien como si se escurriera por mi cuerpo hasta llegar a mis pies, dejándome un vacío terrible.

-Escucha bien -continuó explicando-. En los casos federales, cuando una persona es arrestada después de ser procesada por el FBI y encarcelada, hay que ir a una vista delante de un juez federal para solicitar la fianza. Estas audiencias ocurren dos veces al día de lunes a viernes, generalmente a las diez de la mañana y a las dos de la tarde. Si te arrestan después de las cuatro de la tarde, tendrás que dormir al menos una noche en la prisión federal y esperar al siguiente día para ir delante del juez por la fianza correspondiente. Si te arrestan mañana viernes después del mediodía, tendrás que dormir en prisión todo el fin de semana. Las prisiones federales son limpias y ponen el aire acondicionado muy frío, así que prepara un paquete pequeño con las cosas personales más importantes: ropa interior, un par de medias gruesas y una enguatada de mangas largas, por si acaso.

Pasadas las cuatro de la tarde, mi enfermera no salía de aquel lugar. Yo no me atrevía a salir de mi apartamento, preparándome para lo peor. Me recuerdo caminando por el balcón de un lado para otro, orando como nunca antes en mi vida: "Padre, pasa de mí esta copa, pero no puedo decir, como Jesús, 'que sea tu voluntad y no la mía'. No permitas que sea arrestado. Tú sabes que no he hecho nada malo y, si me arrestan, formarán un circo, será un escándalo nacional, pues todo el mundo me conoce como el médico de 'Caso Cerrado' y luego nadie va creer en mi inocencia".

Suele suceder, ante la vista de los medios y las personas, que cuando alguien es declarado inocente, el crédito mayor es otorgado al abogado defensor más que a la propia víctima. Mi error en este caso fue creer en las palabras del paciente. Pero lo hice basado en las pruebas que me mostró de los otros dos médicos que le habían indicado la medicina anteriormente. ¿Qué debí hacer? ¿Desconfiar de mi propio paciente? Por eso te digo que, si no me convertí en un médico defensivo en aquel momento, no lo haré nunca. Nada como una injusticia para arañarte el alma y volverte duro. El truco está en no permitirlo.

Pero volvamos al caso. Contra el primer doctor, nada pudo hacer la fiscalía, pues llevaba varios años internado en un asilo de ancianos con mal de Alzheimer. El segundo también fue duro objeto de la investigación. Era una especialista en medicina interna, nefrología y cuidados intensivos. La diferencia entre nosotros era que yo se la había recetado por más tiempo y también tenía cierta amistad con el paciente por los años en que lo traté, lo que generaba sospecha en la fiscalía de que yo tenía conocimiento de que el paciente usaba la medicina con fines de antienvejecimiento o fisiculturismo. De ser así, y de poder probarlo, entonces podrían acusarme de conspiración para defraudar al seguro médico del paciente.

En aquellos años ese tema estaba de moda. Las acusaciones llovían sobre quienes usaban la hormona de crecimiento para mejorar su rendimiento, como ocurrió en el caso de varios peloteros profesionales y otros deportistas y, por supuesto, sus doctores también fueron perseguidos.

-Si tenemos que ir a juicio, Misael, vas a tener que prepararte muy bien. Tendrás que convertirte en un experto en la hormona del crecimiento, porque traer un experto de una universidad reconocida a testificar en un juicio sería sumamente costoso. Otra opción es esperar a ver qué cargos te ponen y cuál será la oferta de la fiscalía basada en la evidencia que dice ella que tiene contra ti, para entonces intentar negociar algo justo. Tendré que consultar a otros abogados defensores con experiencia en estos casos. ¿De dónde vas a sacar el dinero para cubrir todos los gastos? Como amigo puedo ser razonable contigo, pero como abogado tengo que cobrarte por todo el tiempo que esto me está consumiendo y por las consultas que tendré que hacer con otros abogados y expertos en este tema.

-Lo único propio que tengo es mi apartamento, pero lo puedo poner en venta -le dije sin pensarlo dos veces-. Puedo pedir un préstamo basado en su valor, o te quedas con él. No me importa. Pero no puedes permitir que me acusen injustamente de algo que no hice. Yo no tengo la necesidad de engañar a nadie, no está dentro de mis convicciones. Yo no soy un delincuente, Michael. Me pasé cuatro años estudiando para revalidar mi título y me quedan muchos años de trabajo para retirarme dignamente en este país. Yo vine sin nada a este mundo y sin nada me iré. En Cuba nunca tuve una casa propia y no me importa perder lo que tengo ahora a pesar del sacrificio que he hecho para tenerlo. Me iré a vivir bajo un puente o me rentarás un cuarto en tu casa, no sé, pero no voy a aceptar que me acusen injustamente.

Yo no me enteré ese día, pero fueron esas palabras mías las que convencieron a mi abogado de que yo no le estaba mintiendo y su sensibilidad y esa alma de juez que te dije que tenía para que me defendiera como un padre defiende a su hijo.

Varios meses después de que el FBI tocara la puerta de mi oficina aquel fatídico viernes por la mañana, llegó también el lunes en la mañana en que comenzó el desenlace de esta historia. Yo hablaba por teléfono con Jessy, mi mejor amiga de los últimos catorce años y quien estaba al tanto de todo, pues conocía al paciente y a algunos de sus amigos, cuando una llamada la interrumpió, insistiendo e insistiendo, como aquel viernes lo había hecho mi enfermera para avisarme de la visita del FBI.

Recuerdo que Jessy me dijo: "Espérame un momentico en la línea que mi amiga que trabaja con en la oficina federal con Ramón me ha llamado varias veces mientras hablo contigo y no me gusta esa insistencia".

Unos minutos después, retomó la conversación conmigo para decirme que Ramón, mi paciente, estaba siendo arrestado en ese momento.

Llamé rápidamente a mi abogado. Su oficina está a pocos metros de la corte federal, y con la suerte de que no tenía otro juicio esa mañana, se fue de inmediato al juzgado y se sentó a escuchar la audiencia. Varias horas después, me llamó.

-Aun no entiendo bien lo que está pasando, Misael. A tu paciente le han puesto dieciocho cargos federales, en su mayoría por fraude, pero creo tener dos buenas noticias para ti: la primera es que en los cargos no mencionaron la palabra *conspiración*, lo cual disminuye la posibilidad de que estén incluyendo a alguien más como sospechoso en este caso. La segunda es que el abogado que está defendiendo a tu paciente es un buen amigo, con quien he trabajado por casi veinticinco años. Ambos fuimos fiscales estatales y nos fuimos a la práctica privada como defensores criminales al mismo tiempo. Incluso hemos defendido casos juntos, así que seguro me voy a enterar de todos los detalles en este caso.

Tres días después, me llamó de su oficina, indignado:

-Ven a mi despacho inmediatamente. Necesitamos hablar y tiene que ser antes de las cinco, pues tengo otro compromiso importante.

Yo no podía contener la curiosidad y dejé lo que estaba haciendo, escudándome en una emergencia médica, y salí para su oficina.

-Hace unas horas -me dijo- colgué con el abogado defensor de tu paciente, el que te conté que era mi amigo, y no puedo creer lo que me ha dicho. Dice que, durante los últimos seis meses, la fiscal ha estado llamándolo casi todos los días y ofreciéndole al paciente que acepte los cargos y declare en contra de los médicos para ella encausarlos, porque dice que odia a los médicos cubanos.

Sé lo que estás pensando. Que eso no puede ser. Pero en aquel momento y después de haber pasado tanto, tengo que confesarte que lo creí. Hoy, ya con más claridad, he llegado a pensar que ella lo que en realidad buscaba era hacer un escándalo mediático a costa mía por mi exposición en el mundo de la televisión. ¡Me parecía tan injusto!. En mi trabajo con los medios había construido una reputación de doctor sencillo, a quien le gusta estar bien preparado profesionalmente, y con el don y el deseo de poder llegarle a la gente que no sabe de medicina. Ahora ella quería tomar esa reputación y arrastrarme con ella por el suelo solo para anotarse un gol, como dirían los fanáticos del fútbol Soccer. Nunca imaginé que un poco de fama pudiera llegar a ser tan costosa.

Pero aquel día, no me cabía en la cabeza. Y es que yo vengo de una escuela de medicina que es respetada internacionalmente, a pesar de las circunstancias difíciles que ha atravesado durante las últimas casi seis décadas. Tanto, que recuerdo que la primera vez que estuve en Harvard en un curso de postgrado, hasta el doctor que dirigía el evento me dijo: "He oído muy buenas cosas de la Escuela Cubana de Medicina". Es una escuela que se formó mucho antes de la Revolución de 1959. Los maestros que se quedaron cuando el éxodo de la década de 1960 se encargaron de mantener su reputación y sostuvieron su nivel educacional a la altura de los países más desarrollados del mundo. ¿Por qué caramba tendría alguien que odiar a los médicos cubanos? ¿Solo por ser cubanos? ¿Porque por su manera de practicar la medicina no podía ser? Yo reconozco que Cuba ha formado a muchos médicos solo para mandarlos por todo el mundo con sus misiones internacionalistas, pero eso no quita que para ingresar a la Escuela de Medicina se necesite vocación. Y más allá de todo, te digo que ningún incentivo es comparable al sacrificio, a la responsabilidad, al sufrimiento y a la tensión de saber que la vida de alguien está en tus manos. Eso, mi amigo, no tiene, ni tendrá, precio. Y si el odio viniera porque algunos sin ética han puesto por el piso los valores médicos envueltos en casos de fraude, eso sería tema para otro libro, pero no para ganar el odio de nadie, porque a veces es el mismo sistema es quien propicia que esas cosas pasen.

Dos semanas después, mi abogado recibió otra llamada con un tono diferente de la fiscalía. Esta vez ellos querían hablar conmigo, ya no como el objeto de la investigación, sino como testigo. Estaban dispuestos a darme inmunidad para que fuera a declarar sobre como el paciente me había engañado para recibir una medicina que no necesitaba.

-No creo que el doctor quiera hacer eso -les respondió mi abogado-. Después de todo este tiempo en que usted ha estado pensando que él tenía alguna culpabilidad en este asunto, ¿ahora quiere reunirse con él como si nada hubiera pasado? No me parece aceptable.

Yo deseaba conocer a la fiscal frente a frente, pero mi abogado se rehusó, y en aquel momento, no lo permitió. También porque dudaba de que mi inglés fuera lo suficientemente bueno como para dar una declaración jurada.

Pero la fiscalía insistió y, eventualmente, decidimos ir.

La cita estaba pautada para las dos de la tarde. A decir verdad, estaba ansioso por conocer a la fiscal. Nos sentaron alrededor de una mesa rectangular. En un extremo, mi abogado y yo. Frente a nosotros, los dos fiscales que llevaban el caso: dos agentes del FBI, el que había estado en mi oficina para entregar la citación aquel seis de enero y otra muchacha que permaneció en silencio durante todo el interrogatorio. Estaba, además, la taquígrafa, quien escribió todo lo que allí se habló, y también una joven rubia que nunca supe quién era, pero que llamó mi atención porque sonreía cada vez que yo contestaba o aclaraba algo durante las casi dos horas que duró la vista.

Hubo dos momentos especiales en ese encuentro que nunca podré olvidar.

El primero, cuando le hice ver a la fiscalía la diferencia entre un médico y un abogado: "Ustedes, cuando tienen a un cliente delante, dudan de todo lo que escuchan hasta que llegan a conocer la verdad. Nosotros, los médicos, generalmente creemos lo que el paciente nos dice y solo nos damos cuenta de si está mintiendo cuando los síntomas no concuerdan, y nos cuesta trabajo llegar al diagnóstico.

El segundo fue cuando pedí se me enseñara la receta original de la hormona del crecimiento que yo había escrito, pues no me recordaba escribiendo el medicamento. Cuando me la mostraron, abrí los ojos y le dije a mi abogado: ¿ves por qué no recordaba haber escrito la receta? Nunca la escribí. En ese instante, recordé vívidamente el momento cuando el paciente desprendió con sus dedos índice y pulgar la etiqueta adhesiva de la caja de hormonas ya vacía, diciendo: "solo tienes que pegar esto sobre la receta en blanco y firmar debajo".

Después de la conciliación de esa tarde, comenzaría la preparación para el juicio.

-No quiero testificar en contra de mi paciente. Me aterra la idea -le comenté a mi abogado.
-Lo entiendo -me contestó él -pero no tienes otra opción. Este es un caso federal, y si te niegas a testificar, ellos pueden creer que lo estás tratando de encubrir y podrían hasta considerarlo obstrucción de la justicia. Además, ya bastantes problemas nos ha causado este caso como para que se siga complicando. Por un lado, me da pena con el paciente porque nunca vi algo así, y total, todo por el costo de la medicina. Pero, por otro lado, si es culpable, entonces él no pensó en ti ni en todo el daño que esto te ha causado. ¿Cómo puede un doctor vivir algo así y seguir siendo humano y confiando en lo que sus pacientes le dicen? Ahora tendrás que dejar de practicar medicina como si estuvieras en Cuba y vivir más a la defensiva.

Nuevamente imploré a Dios su intervención para no tener que testificar en contra de Ramón. No podía imaginarme sentado en un estrado y al defensor público del paciente tratando de invalidar mi testimonio.

Semanas después, y casi como respuesta a mi oración, recibí una llamada del paciente. Cuando vi su nombre, que aún no había borrado de los contactos, me asusté. "¿Qué hace él llamándome, si mi abogado le había mandado una carta donde claramente le decía que buscara otro médico?", pensé. No me atreví a contestar, pero pronto el mismo teléfono comenzó a anunciarme que tenía un mensaje de voz.

"Acabo de declararme culpable de los cargos que me imputaron y solo te estoy llamando para pedirte perdón por todo el mal rato que te he hecho pasar en estos meses. De veras lo siento. Ojalá puedas perdonarme algún día. Nunca fue mi intención causarte todo esto".

Al paciente lo sentenciaron a seis meses de prisión y dos años de probatoria. Unos meses después de salir de la prisión federal, lo encontré accidentalmente en una cena en casa de un amigo que teníamos en común. Su primera reacción fue de temor. Durante la mayor parte de la velada, evitó acercarse a mí y yo a él. Pero cualquier tipo de resentimiento fue menos fuerte que mi deseo de hablarle y agradecerle por al menos haber tenido el valor de aceptar su error y de no prestarse al juego de testificar falsamente en mi contra, y me le acerqué.

-Eso fue quizás lo que más le molestó a la fiscal me dijo, porque en mi declaración de culpabilidad casi todas sus preguntas estaban dirigidas a evidenciar si tu sabías que yo usaba la hormona para antienvejecimiento. Hasta que le dije: "pare de preguntarme por el doctor. Es mi culpa, mi culpa, mi gran culpa".

También me contó que, una semana antes del juicio, le habían ofrecido declararse culpable a cambio de recibir solo horas comunitarias y una multa como castigo. De lo contrario, si perdía el juicio, la pena máxima hubiese podido alcanzar los siete años y habría tenido que cumplir el 80% de la sentencia en prisión. Por eso fue más factible para él declararse culpable, aunque su defensor público quería ir a juicio.

Yo tampoco supe hasta el momento de su arresto, cuando comenzaron a salir las evidencias, que mucho antes de ser mi paciente él había sido evaluado por un doctor, especialista en antienvejecimiento, quien practicaba medicina en tres estados (Florida, Nueva York y California). La fiscalía lo citó a declarar bajo juramento, y ahí contó cómo fue contactado por Ramón, muy interesado en el tema, después de ver un anuncio publicitario en una famosa revista de Miami. Cuando estuvieron los resultados de los exámenes de laboratorio, salió que el IGF1 (forma activa de la hormona del crecimiento en el cuerpo producida por el hígado) estaba baja, lo que sugería el diagnóstico. A mí, el paciente nunca me había mencionado a este doctor. Solo me había hablado de cómo lo habían diagnosticado en una clínica a donde fue a examinarse por fatiga severa. Allí, al encontrarle el IGF1 bajo, le habían hecho otro examen inducido para confirmar el diagnóstico y por eso le mandaron las inyecciones. Algo que yo nunca pude corroborar, porque cuando mandé a pedir los récords la clínica ya no existía, cosa que me hizo dudar sobre la veracidad de esa información, pero ya era demasiado tarde. El paciente había estado recibiendo la medicina por varios años y el seguro había gastado en ello más de 250 mil dólares.

También me dijo que, aunque en ocasiones no se sabe la causa de la deficiencia hormonal más allá de la pérdida fisiológica producida por la edad, en su caso, por el accidente de carro que le había ocasionado trauma craneal, en la clínica habían hecho la conexión, diciéndole que esta deficiencia podía ser la causa de su dolencia y que necesitaría el reemplazo de por vida. O sea, esa parte no había sido mentira.

Lo que creo que el paciente nunca supo, y se enterará al leer este libro, es que, si hubiera ido a juicio, el abogado defensor podía haber alegado que el remplazo hormonal lo ayudaba a mejorar sus síntomas de cansancio y fatiga asociados con una hepatitis crónica que padecía. Está documentado en la literatura médica el uso de hormona del crecimiento en pacientes con VIH para tratar efectos adversos producidos por los medicamentos, y también el manejo de la fatiga en enfermedades hepáticas crónicas.

A esto se le reconoce en medicina como *"off-label use"*(*medicina sin etiqueta*) y hace el tratamiento aceptable bajo los estándares de práctica en este país, por lo que hubiera sido difícil para un jurado encontrarlo culpable de fraude por usar una medicina que lo estaba beneficiando, aun fuera de la indicación de la FDA. De hecho, uno de los mayores descontentos de hoy en día en la medicina viene porque los seguros médicos se agarran del menor detalle para no querer cubrir un tratamiento que, si mejora el bienestar del paciente, debería ser considerado necesario. Como le dijo mi abogado a la fiscal en una de las cartas, "Si no fuera por el maldito precio de las inyecciones de hGH, no estaríamos litigando este caso".

A raíz de esta vivencia, empecé a estudiar la medicina antienvejecimiento.

"Tienes que convertirte en un experto en hGH", me había repetido hasta la saciedad mi abogado, y yo comencé revisando toda la bibliografía que encontré en la biblioteca del hospital durante aquellas tardes de preocupación. En realidad, no había mucha, y los estudios que había estaban dirigidos mayormente a pacientes con tumores cerebrales que eran operados, o que después de la radiación quedaban con deficiencias hormonales cuando la hipófisis resultaba afectada.

Mientras estudiaba el tema y buscaba bibliografía, misteriosamente me empezaron a llegar invitaciones por correo electrónico a congresos internacionales de anti-edad, y supe de una organización europea de antienvejecimiento que dictaban maestrías y celebraban congresos mundiales. Así fue que decidí comenzar una maestría con ellos y me fui a París y al principado de Mónaco, entre otras ciudades. Tuve la oportunidad de conocer valiosos médicos de México, Colombia, Venezuela, y hasta de Sudáfrica. La maestría requería encuentros cada tres o cuatro meses, y después del segundo encuentro, ya con un poco más de confianza con los otros médicos, empezamos a compartir gastos de hotel para poder terminar el programa, y finalmente cultivamos una amistad que perdura hasta hoy.

A punto de certificarme internacionalmente en la materia, ya casi sin dinero -pues se me estaban acabando los ahorros-, me llegó información sobre la Academia Americana de Anti envejecimiento, la cual tenía una estrecha relación con los maestros europeos, y que, a pesar de no ser muy aceptada por la escuela americana convencional, cobraba cada vez más fuerza en América del Norte. Fue así como decidí certificarme con ellos en lugar de terminar la maestría europea. Al final, es aquí donde yo practico medicina.

Contar esta historia no ha sido fácil para mí. Aún me duele por dentro. Me duele pensar que alguien con autoridad pueda minimizar el trabajo de un médico y sus años de estudio y crea que la mayoría pueda tener una mente para el crimen. Nunca he entendido la rivalidad entre médicos y abogados, aunque algunos amigos abogados me han dicho riendo: "No es en contra de los médicos, pero igual que ustedes les cobran a los seguros de los pacientes; nosotros les cobramos a los seguros de mala práctica que ustedes pagan".

Esa es también la razón por la que muchas veces los seguros prefieren una mediación que ir a un juicio, pues si pierden, el gasto puede ser mucho mayor, y entonces queda la duda en la reputación del médico. En el estado de la Florida hay una ley que prohíbe renovar la licencia para practicar medicina después de tres casos de mala práctica perdidos en corte, así que imagínate lo serio de todo esto.

El día que fui llamado a declarar bajo juramento en el caso de Ramón, vi a la fiscal por primera vez: era una mujer de más o menos mi misma edad, bonita, delgada, mediana estatura, pelo negro. Al verla, me pregunté cómo podía odiarme sin conocerme. ¿Por qué odia a los médicos cubanos? Y como ya te imaginarás ahora que me vas conociendo con cada página que lees, no pude evitar ir a preguntarle cuál era su origen étnico, pues parecía latina, aunque hablara un inglés perfecto y sin acento, lo que me hacía pensar que había nacido en los Estados Unidos.

No sabes cómo me sorprendió que me dijera que había nacido en Cuba.

-¿En Cuba? ¿Pero de qué parte de Cuba es usted?
-Del quinto piso de la Habana -me respondió.
-Un momento. ¡No vaya a decirme que es de Marianao! -repliqué yo.
-¿Cómo lo sabe? -preguntó ella, curiosa.
-Es que esa es la expresión que usamos para referirnos a los que nacimos en las municipalidades de La Habana que no son el centro de la ciudad, sino que quedan en las afueras, y yo siempre digo eso porque crecí en Marianao.
-¡Qué casualidad! -me dijo-. Sí, nací en Marianao y vine a Estados Unidos a los seis años de edad.

¿Te imaginas, amigo mío? Cuando pienso en ella, a pesar de no recordar bien su rostro, no puedo evitar pensar también en el licenciado Valido, aquel profesor de filosofía marxista que desaprobó mi entrevista para que no estudiara medicina. A él me hubiese gustado ir a enseñarle mi diploma de graduado con medalla de oro del 20 de agosto de1990 y decirle: "usted no quería que yo fuera médico porque era cristiano. Hoy creo más en Dios que cuando comencé la escuela de medicina, y soy médico gracias a Dios y no a usted".

Pero te cuento que, en lugar de eso, Dios, que siempre tiene un plan, lo trajo a la sala de emergencias del Hospital de Marianao donde yo estaba haciendo mi primera guardia de medicina interna en el internado. El licenciado llegó con una crisis de asma y mi supuesto enemigo se convirtió en mi primer paciente. Cuando él entró, lo primero que vino a mi mente, tal y como si el mismo Dios me estuviera hablando, fue un versículo de la Biblia que dice: "Mía es la venganza, yo doy el pago, dice Jehová, el Señor", y lejos de querer enfrentarlo, vi a un hombre con falta de aire y me dio pena. Lo ausculté, ordené su aerosol, lo reexaminé quince minutos después y vi que seguía con falta de aire, pero no se dejó inyectar la Aminofilina en vena, que era el próximo paso del tratamiento del asma en aquella época. Quizá pensó que yo lo querría matar. Si pensó así, no lo juzgo, porque yo fui el primer sorprendido cuando lo vi entrar y pude, sin esfuerzo, sobreponerme al rencor y al orgullo herido para ayudar al paciente y querer curarlo. Así son las cosas de la vida.

Tal vez un día también me encontraré con la fiscal, no sé si me la encontraré en un evento social o tal vez venga a mi oficina como paciente. Espero que no sea como fiscal, pero me gustaría regalarle este libro para ver si con mi gesto de amistad deja de odiar a los médicos cubanos, y así poder archivar ese momento de mi vida: Aquellos meses locos durante los cuales me tocó aprender lo que era practicar medicina a la defensiva: curar con temor, con ese miedo de nunca saber si el ser humano que tienes enfrente será tu paciente o tu próxima pesadilla legal.

· · ·

Secreto de médico #3

Amigo, si tienes un buen médico, un médico razonable y bien preparado, entonces, cuando te diga que "no" a algo, compréndelo. Está cuidándote. Está tratando de hacer las cosas lo mejor que él sabe hacerlas. Haz el esfuerzo de que te conozca y de tú conocerlo a él para que haya confianza. Háblale. Explícale tus razones y pídele que te explique las suyas y que te ofrezca alternativas. En otras palabras, dale una oportunidad de que vea las cosas como tú, pero nunca le mientas. Podrías estar haciéndole un daño enorme a otro ser humano que solo quiso hacerte bien.

. . .

Capítulo 4

¿Glamour de qué? O el día en que mi paciente me escupió en la cara.

Aquel fue mi primer problema legal, pero no el último, por lo que quizás este sería un buen momento para quitarte la idea de que la vida de un médico de familia es siempre glamorosa. Para nada, mi amigo. Así que olvida lo que has visto en los programas de televisión en los que el médico, siempre bronceado y bien planchado, tiene tiempo de pasear por la playa en su Bentley o de desayunar con la esposa todos los domingos en las mañanas.

También olvida las escenas con médicos que, apoyados por el administrador del hospital, encuentran la cura que nadie imaginaba y logran implementarla. Eso no existe, mi hermano. Y es que la medicina hoy día está en crisis y los seguros tienen gran parte de la culpa.

Como ejemplo, déjame contarte sobre el día en que mi paciente, quien siempre era de lo más dulce, me escupió en la cara. ¿Qué me decías sobre el glamour de la vida médica?

Pero antes, hay algo que debo admitir: No soy objetivo con relación a esto. Es cierto que todos los médicos piensan que el sistema de salud en el que practican es el peor, no importa el país en el que sean doctores. Y es cierto que muchos sistemas son malos y esos otros doctores tienen razón. Todos menos los que digan que hay algún lugar peor para practicar la medicina que estos mis queridos Estados Unidos de América.

Y es que, en este país, la diferencia es que la cobertura de salud tiene sus particularidades, sus malas costumbres, digamos, y estas afectan la cantidad y la calidad del cuidado que pueden recibir los que más lo necesitan. ¿Quieres un ejemplo? Este país se encuentra en el puesto 33 en mortalidad infantil en el mundo, muy por debajo de todos los demás países desarrollados, e incluso por debajo de algunos países en desarrollo. ¿La razón para esto? Pues se podría decir que entre las causas está la forma ineficiente en que aquí se gasta el dinero destinado a la salud de sus ciudadanos. Así de sencillo.

Poco después de mi primera batalla legal, recibí una carta del Medicaid -el programa médico dirigido por el gobierno estatal que da cobertura a las personas de bajos recursos- terminando mi contrato con ellos "sin causa", algo que podían hacer, de acuerdo con la ley. La carta explicaba que estaban ejerciendo su prerrogativa de sacarme del programa y que me estaban dando los sesenta días de aviso que se requieren.

Más de cien de mis pacientes serían asignados a otros doctores "porque sí", pues ¿de qué otra manera se le puede llamar a una decisión como esa, tomada en contra de un doctor y de sus pacientes "sin causa", para eliminar cualquier derecho de apelar una decisión injusta?

Y sí, es cierto que yo podía haber hecho lo mismo. De hecho, son muchos los doctores que se rehúsan a aceptar pacientes de

Medicaid sin tener que justificarse con causa alguna. Pero ni se me ocurrió jamás cerrarles las puertas a los pacientes que más necesitaban de buena salud, ya que es bien sabido que entre las clases sociales menos favorecidas los problemas de salud son más costosos.

Unos meses después, recibí otra carta de la Junta Administrativa de Medicina de la Florida comunicándome que sería llevado ante un panel de causa probable, pues habían recibido del programa de Medicaid una carta acusatoria por practicar medicina fuera de mi área de experiencia, recetando medicinas psiquiátricas en forma peligrosa (sus palabras, no las mías).

Leyendo la carta, me percaté de que entre los firmantes se encontraba el nombre de un colega a quien le refería a mis pacientes cuando los diagnosticaba con hepatitis crónica, y enseguida me puse en contacto con él para que me brindara información detallada de lo que estaba pasando.

-Perdona que te llame a esta hora, pero acabo de recibir una carta del *board* (junta) de medicina de la Florida y tu estas entre los firmantes y, para ser honestos, me están acusando injustamente.

-Estaba esperando tu llamada -me contestó él, sereno-. Sabía que me ibas a llamar cuando vieras mi nombre, pero déjame explicarte lo que pasa. A nosotros, los de la junta administrativa nos traen los casos que están investigando, solo para que firmemos la continuación del proceso. Aunque yo hubiera firmado en contra, los otros dos integrantes que no te conocen habrían firmado, y en una votación dos contra uno, te iban a investigar de todas maneras.

Te confieso, amigo, que igual me hubiese gustado que él no añadiera su nombre. ¿Qué me estaba diciendo? ¿Que si no unía su nombre a una cacería de brujas contra un colega que siempre le había hecho bien, la hubiesen tomado en su contra?

-Déjame recomendarte a un abogado, porque vas a necesitar uno que se especialice en "leyes de salud", pues si te encuentran culpable, no te quitarán el pie de encima. Ellos pueden, desde ponerte una restricción en la licencia, hasta quitártela, y me gustaría recomendarte con el mejor abogado que he visto defendiendo médicos ante la junta, el que yo escogería si me sucediera algo así. Mañana a primera hora voy a llamarlo para hablarle de ti y que me autorice a darte su número y que lo llames.

Acepté su ayuda. Todos tenemos derecho a rectificar, aunque sea para aminorar nuestros complejos de culpa.

Fue así como conocí al abogado judío (lo llamaré así porque no le pedí permiso para contar esta historia y tengo que proteger su privacidad) y en una conversación telefónica de unos 45 minutos le conté todo lo que había sucedido. Tres días después, me envió la carta que había preparado para la junta, gracias a la cual desestimaron el caso unos meses después.

Aunque mi caso es solo un ejemplo de las cosas absurdas que pasan en este país, mira cómo fueron las cosas para que decidas por ti mismo:

Por el año 2002, la legislatura del estado le exigió al programa de Medicaid que redujera sus costos. A alguno de sus ejecutivos se le ocurrió la idea de que el gasto mayor se iba en el pago de medicamentos, entre los cuales sobresalían las medicinas psiquiátricas y, en particular, los nuevos antipsicóticos que estaban revolucionando los tratamientos de esquizofrenia y bipolaridad y que también ayudan a controlar la agitación en los pacientes con demencia. Algo así como *"off label use"* (*uso sin etiqueta*).

Entonces, "alguien" sugirió que, si eliminaban del programa a los médicos que más las prescribían, estarían ahorrando millones de dólares. Cuando entraron en los sistemas electrónicos y conformaron la lista de los que más recetan, yo estaba entre ellos. Entonces yo tenía más de quinientos pacientes de Medicare y Medicaid. La mayoría vivía en instituciones para cuidado de ancianos, más de la mitad con trastornos neuropsiquiátricos, y los otros eran pacientes que venían regularmente a la oficina.

Un día llegó a mi consulta una inesperada visita del Medicaid con una lista de diez pacientes. Me pidieron los récords médicos, los copiaron y se fueron. Nunca me dijeron que estaban haciendo una investigación bajo el nombre de AAP (por sus siglas en inglés, que era el proyecto de antipsicóticos atípicos). Yo había sido advertido por la compañía que me colectaba el dinero de los seguros de no poner como principal diagnóstico en una visita médica una enfermedad psiquiátrica, aunque el paciente viniera primordialmente por depresión o insomnio. La mayoría de mis pacientes tenía muchos diagnósticos médicos y tomaba muchas medicinas recetadas, sobre todo por cardiólogos, neumólogos, gastroenterólogos, y por supuesto, por sus respectivos psiquiatras.

Pero el médico primario es responsable de revisar mensualmente la lista de las medicinas de los pacientes y de autorizarlas para que las farmacias las envíen todos los meses. Los récords que fueron copiados en mi oficina fueron enviados a un médico en Tampa que solo se dedicaba a revisar historias clínicas y a dar opiniones en inglés, lo que se conoce como un peer reviewer. Lo llamé varias veces y nunca respondió mi llamada.

En su informe a Medicaid decía: "Por lo que veo en las notas médicas, este doctor practica medicina familiar y no detalla enfermedad psiquiátrica en estos pacientes. Por lo cual, si él está recetando dichas medicinas psiquiátricas, lo está haciendo fuera de su área de experiencia y de manera peligrosa (*in a dangerous fashion*)". Esta carta era la única evidencia del Medicaid para tal acusación.

Mi abogado experto en leyes de salud pudo demostrar que, de los diez récords examinados, nueve eran de pacientes psiquiátricos, quienes tomaban antipsicóticos recetados por seis diferentes psiquiatras, pero yo firmaba la autorización todos los meses. Era más fácil para las farmacias que suministraban dichos medicamentos cobrar a los seguros utilizando un solo proveedor o médico que hacerlo por separado, en este caso yo, el médico primario. No ser psiquiatra no excluía mi responsabilidad de que, si algunas de estas medicinas causaban algún tipo de daño en el paciente, yo tendría que suspenderlas o cambiarlas, ajustar las dosis según cada necesidad individual, entre otras funciones, pues no tenía ninguna limitación legal en mi licencia para hacerlo.

De hecho, una tarde llegué al hospital para la visita de rutina de una paciente mía de muchos años cuando me llamó la enfermera. La mujer, que siempre había sido dulce y cariñosa, estaba agitada, totalmente descontrolada, y la tenían amarrada porque estaba gritando, escupiendo, mordiendo. Ella padecía una esquizofrenia paranoide. Sin embargo, cuando estaba compensada, era un amor como persona: esperaba todas las tardes para ver si me veía salir en el programa de televisión. Corrí hasta su cama, y cuando me le acerco para hablarle con el mismo cariño de siempre, me escupió en la cara.

-Definitivamente -dije yo, mientras me limpiaba con la esquinita de la bata médica-. Está psicótica, porque ella nunca se comporta así.

Inmediatamente escribí una orden para que le pusieran Haldol (un antipsicótico) con Ativan (ansiolítico), un intramuscular que por años se ha usado en esos casos. Pero mientras escribía la orden, vino a mi mente la acusación del Medicaid y decidí modificarla añadiendo: "confirmar con el psiquiatra que lleva el caso".

Seguí viendo a los otros pacientes, y una hora más tarde, la enfermera me llamó otra vez:

-Doctor, el psiquiatra no ha contestado la llamada y la paciente está tan agitada, y con tal fuerza, que en cualquier momento se desata las manos y se tira de la cama. Si se cae nos vamos a meter en un problema legal.

O sea, no había forma de ganar.

Rápidamente llamé al abogado judío y le conté lo que estaba pasando.
-Si esa paciente cae al suelo por agitación, se fractura la cadera o se golpea la cabeza y sufre una contusión cerebral o sangra, tú eres igualmente responsable porque no tienes ninguna limitación en tu licencia para ordenar esas medicinas y tratar cualquier condición clínica.

No quise imaginarme al abogado experto en casos de negligencia médica o mala práctica interrogándome en una corte: "¿Tiene usted alguna limitación en su licencia para recetar antipsicóticos?" Ni a mí mismo diciendo:

"Bueno, usted sabe, es que el programa de Medicaid no quiere que los médicos generales recetemos esos medicamentos porque son muy costosos".

Así fue cómo perdí el miedo a continuar mi práctica médica debidamente, a pesar de los legisladores que hacen leyes sobre asuntos que ni ellos mismos conocen. Mi paciente se calmó después de la intervención adecuada y nunca se dio por enterada de que me había escupido la cara durante su episodio psicótico.

Finalmente, varios meses después, la Junta Directiva de la Administración de Medicina de la Florida retiró la acusación en mi contra por carecer de valor.

Pero no creas que ahí pararon las injusticias de este sistema. Yo no pude, en aquel entonces, recuperar mis derechos de ver pacientes de Medicaid, si bien lo solicité otra vez, para que no dijeran que yo ya no quería atender a los pobres porque era famoso y salía en televisión.

Y es que cada vez son menos los médicos que quieren ver pacientes del programa de Medicaid. No solo pagan menos que los otros seguros, sino que además hacen continuas revisiones para recuperar parte del dinero que ya han pagado bajo el argumento de que el tratamiento o la prueba diagnóstica ordenada "no era médicamente necesaria". Y lo peor: dichas revisiones son hechas por enfermeras que luego usan la firma de unos pocos médicos que trabajan para estos programas y que, en la mayoría de los casos, están retirados o no tienen práctica privada. Es una lástima que un programa, noble en principio, haya perdido su visión y misión por la mala administración de funcionarios que tratan la salud como si fuera un negocio que tiene que ser rentable a costa de lo que sea, incluso a costa de la vida.

• • •

Secreto de médico #4

Este secreto no es para ti, mi querido amigo, pues tú no tienes la culpa de nada. Este secreto es para la sociedad en general. No podemos seguir poniendo el bolsillo por encima de la salud. Tenemos que unirnos todos, médicos, administradores y pacientes, para seguir trabajando con el sistema hasta que las cosas tengan sentido. Hasta que todos estemos trabajando para asegurar que cada una de las personas que componemos este mundo que Dios nos dio, vivamos más y mejor hasta donde nos sea posible. Suena difícil, pero no lo es. La clave es poner primero la salud, siempre la salud.

• • •

Capítulo 5

Historias que te hacen temblar.

Pero no siempre el problema está en el sistema. A veces el monstruo que enfrentamos está metido dentro de una persona. Una sola, sí, pero que no te quepa duda: una sola persona puede mover montañas, cosa muy buena si se trata de una persona con buen corazón, y muy mala si te toca enfrentarte a una de esas otras excusas de ser humano que andan por la vida con una araña peluda dentro del pecho.

Soledad fue una de mis primeras pacientes en la práctica privada. Era diabética, cardiópata, tenía osteoartritis en los hombros y las rodillas y una enfermedad respiratoria crónica. De joven, siendo secretaria en una unidad militar, se interpuso valientemente entre dos oficiales enfrascados en una fuerte discusión y pagó las consecuencias al recibir un tiro en el torso. Estuvo entre la vida y la muerte por largo tiempo. Le extirparon un fragmento de uno de sus pulmones, y treinta años después de ese incidente, le diagnostiqué una hepatitis C como resultado de las transfusiones de sangre que le salvaron la vida en ese entonces, pues antes de 1992 no se analizaba la sangre para detectar el virus de hepatitis C, y apenas ahora se están conociendo nuevos casos de personas que recibieron sangre antes de esa fecha.

Soledad tenía una energía vital increíble y un carácter espectacular. Era de esas mujeres que se da a querer fácilmente. Aunque vivía sola en un campo de casas móviles (*campers o trailers en inglés*,), amaba la vida y luchaba constantemente por mantenerse saludable y en forma. Cuando su diabetes comenzó a descompensarse, le recomendamos un servicio de enfermería que le monitoreaba los niveles de glucosa y le suministraba la insulina. Recuerdo que les tenía fobia a las agujas, pero por sus problemas hepáticos hubo que discontinuar la Metformina que hubiese sido la alternativa. A menudo, cuando llegaba la enfermera, me llamaba a algún rincón discretamente para decirme que su refrigerador estaba casi vacío y que temía que, cuando la inyectaran, le bajara demasiado el azúcar y no tuviera ni un jugo para tomar. Más de una vez fuimos, fuese yo mismo o alguna de las personas que formaban parte del equipo de mi oficina, al supermercado a hacerle compras con el dinero efectivo que entraba en la oficina de co-pagos o pacientes sin seguro.

Por su boca supimos que tenía dos hijas que vivían fuera de Miami y no se enteraban de sus necesidades ni daban muestra de que les importara.

A "la gallega", como cariñosamente le decíamos por su ascendencia española, nunca la vi llorar. Siempre estaba de buen humor, hasta buscando novio a sus setenta años y haciendo trabajitos domésticos "a escondidas", pues como ocurre a menudo con nuestros ancianos, su situación económica era dura.

El hepatólogo al que la referí para que evaluara más a fondo su hepatitis C no creía que ella pudiese aguantar el tratamiento a su edad y con sus otras condiciones médicas. En ese entonces, se usaba el interferón con otra pastilla antiviral y los efectos secundarios eran fuertísimos: fiebre con escalofrío, decaimiento y hasta trastornos neuropsiquiátricos.

Así, pues, lamentablemente, se fue deteriorando poco a poco. Desarrolló cirrosis hepática, que luego se complicó con insuficiencia cardíaca, y desarrolló edema o "agua" en los pulmones. Una recaída la llevó al hospital con falta de aire. Se trataba de un fallo respiratorio agudo y, como estaba muy bien mentalmente, hubo que entubarla e ingresarla en cuidados intensivos. Aunque sus médicos presentíamos su final, eran otros tiempos para mí y, por alguna razón, siempre me mantuve optimista. No lo sé. Quizás esperaba que aquella guerrera respondiera a los tratamientos y continuara con nosotros por un tiempo más.

En medio de aquella lucha, y para sorpresa de todos, un día de pronto apareció su hija mayor, quien hacía más de ocho meses no sabía de su madre y no se había enterado de su condición.
¿Para qué alargarte esto? Te cuento, sin más, que se portó de manera muy descortés con quienes le estábamos dando los mejores cuidados a su mamá. No sé si fue cargo de conciencia o quizás una posesividad súbita causada por un mecanismo de defensa conocido como desplazamiento, pero lo cierto fue que comenzó a juzgar mi trabajo y el de las enfermeras y los especialistas que trabajaban en el caso. Cuestionó a todo el que se acercó al cuarto donde yacía su mamá y tomaba nota de todo cuanto acontecía.

Después de que Soledad llevaba varios días entubada, ya en estado de coma sin sedación, una mañana me le acerqué al oído y le dije en voz alta, "Soledad, tú no te puedes morir ahora porque tu hija me quiere demandar".

Inesperadamente, ella abrió los ojos y frunció el ceño en un gesto de indignación.

-Tranquila, mi vida. No te pongas así -le dije, un tanto asustado por su reacción-. Yo sé que tú eres cristiana y que no le tienes miedo a la muerte. Estoy haciendo todo lo posible por sacarte de esta gravedad una vez más, pero quiero pedirte, como le dije a mi abuela en su lecho de muerte, que si te vas y puedes interceder por mí cuando llegues al cielo, no dejes que nadie me haga daño, y menos tu hija. Ella no sabe lo mucho que te hemos amado y cuidado durante estos años.

Ya Sole había vuelto a cerrar los ojos, pero aun así no pude evitar decirle "te quiero mucho" dos veces, mientras secaba con la sábana las lágrimas que rodaron por sus mejillas.

Le di un beso en la frente e instruí a la enfermera que la sedara un poco para que no luchara contra el tubo de ventilación. Horas después entró en coma nuevamente y murió como doce horas después de un paro cardiaco del cual no la pudimos sacar.

La hija pidió todos los registros del hospital, pero no pudo hacer nada. Por más que intentó, no encontró que hubiese habido mala práctica. Y si bien tengo la tranquilidad de saber que no iba a encontrar nada nunca porque sencillamente no habíamos hecho nada malo, también tengo la certeza de que ella desde el cielo tampoco se lo permitió. Cada vez que pasa algo así me pregunto: ¿qué derecho hubiese tenido aquella hija a ser compensada si ella no hizo nada por su madre? ¿Cuáles hubiesen sido los daños y perjuicios?

Hoy Soledad es parte de mis recuerdos y es, así lo siento, uno de esos ángeles que viene en auxilio cuando lo necesito.

• • •

Secreto de médico #5

¿Alguna vez te has preguntado si un hombre de ciencia puede tener fe? ¿Si puede creer en ángeles, fantasmas y otros fenómenos naturales? Te diré lo que pienso al respecto: Como hombre de fe, te digo que claro que sí, porque eso es precisamente la fe: sentir algo y no necesitar pruebas. Y como hombre de ciencia te digo también que claro que sí. Que somos energía y la energía nunca muere, solo se transmuta. ¿Sabes cuál es uno de los sinónimos de la energía? El amor. Y es que al final, todo lo bueno es amor y todo lo malo es falta de Él.

· · ·

Capítulo 6

Cuando pides perdón.

A ver, querido amigo, ¿te parece si hago una pequeña pausa? Es que quiero asegurarme de que lo que te contado hasta ahora esté sirviendo para informarte y para fortalecerte, no para desilusionarte o entristecerte. Especialmente si por casualidad eres estudiante de medicina, o si tienes la ambición de ser doctor algún día. Quiero que sepas que esta profesión tiene escollos, pero que también tiene momentos de redención. Momentos que te devuelven la fe en la humanidad. Así que, ¿qué dices? ¿Seguimos?

¡Bien! Porque, justo ahora, quería compartir contigo la historia de uno de esos momentos.

¿Recuerdas a uno de mis maestros de pediatría en Cuba, el doctor José Manuel Rojo Concepción? Te hablaba de él, que en paz descanse, hace unas páginas atrás, en el capítulo tres de este libro. Era el que decía: "No vas a aprender sino de tus equivocaciones. Cuando hagas un buen diagnóstico, en pocos días lo vas a olvidar. Pero, cuando se te escape algún detalle importante y te des cuenta después, eso no lo olvidarás jamás".

Él sabía que la medicina no es una ciencia exacta como la matemática y que, por ello, en la medicina no siempre dos y dos son cuatro.

Por eso tiene que haber un margen para el error, y por mucho que estudies y leas, es la experiencia y la práctica diaria lo que hace que un médico llegue a ser exitoso y cometa menos errores.

También creo que dar espacio a cometer errores temprano, en cualquier proceso, no solo evita que se cometan después, en un momento más crítico, sino que también hace que el médico desarrolle lo que, a mi juicio, es una de las características más importantes que debe tener un buen doctor: humildad.

¿Quién no conoce a un médico que se comporta como si fuera Dios? Que no tiene tiempo para escuchar los asuntos de sus pacientes que no sean urgentes, por estar muy ocupado salvando vidas que, está convencido solo él puede remediar. Ese médico que lo sabe todo y no te deja ni terminar la oración antes de interrumpirte, y que siempre cree que sabe lo que tú sientes mejor que tú...

Bueno, pues esos errores de los que hablaba mi maestro son los que protegen de esa enfermedad asesina que puede ser la arrogancia galena.

Pero no creas que esto lo entendí siempre tan claramente. Lo sabía con la mente, pero no con el corazón, hasta que ocurrió lo que nunca esperé con una de mis pacientes más queridas.

La llamaré Ana, para proteger su verdadera identidad. Su mayor deseo en esta vida era ser madre. Lo intentó muchas veces, pero cada embarazo terminaba en las primeras semanas, robándole la esperanza y dejándole el corazón en pedazos.

A pesar de ello, siguió luchando mientras pudo hasta que, ya en su tercera edad, se convirtió en la madre adoptiva de una hermosa niña a la que convirtió en el centro de su mundo, de su atención y en su razón de vivir.

Y digo de vivir porque Ana también tuvo que luchar mucho contra su diabetes, entre varias otras dolencias que, si bien amenazaban su bienestar, no lograban quitarle la alegría de ser madre por fin, ni el deseo de ver a su hija soñada convertida en mujer hecha y derecha.

Un buen día, y sin causa que ella conociera, se levantó con un fuerte dolor en la cadera izquierda y fue a verme. Por aquellos años, yo había sido entrenado por la Sociedad para el Manejo Práctico del Dolor (SPPM) para poner inyecciones en las articulaciones. Me pareció una buena dirección a seguir con ella y enseguida le puse la primera inyección. Se le alivió el dolor y ese día se fue a su casa muy contenta.

A la semana estaba de vuelta. Los efectos de la primera inyección habían desaparecido y me rogaba que le pusiera la segunda, pero yo titubeaba. Recuerdo que me parecía muy extraño aquello porque, aunque es absolutamente cierto que cada cuerpo es un planeta y puede reaccionar de manera distinta a un tratamiento, yo tenía datos muy completos sobre la técnica que había aplicado, y me parecía que el dolor no tendría que haber regresado tan rápido.

Decidí ordenarle una prueba de rayos X y los resultados sugirieron la necesidad de una tomografía computarizada para descartar una metástasis en el hueso de la pelvis, que está muy cerca de la cadera izquierda. Lo hice solo con la intención de descartar posibilidades que me parecían remotas, así que te imaginarás que casi me caigo cuando llegaron los resultados.

"¿Cómo es posible? ¿Cómo va a tener un cáncer con metástasis en los huesos?", me decía a mí mismo, caminando de un lado a otro de mi oficina con su expediente en la mano. "Pero si la veo casi todos los meses en la oficina. No es posible que se me haya escapado algo así".

De inmediato llamé a un colega y amigo oncólogo, y tras discutir el caso durante casi una hora, decidimos internarla en el hospital para hacerle estudios mucho más profundos. Para mi sorpresa, un PET scan buscando áreas de cáncer se encendió en su seno y cadera izquierda para confirmar un cáncer de mama con metástasis en los huesos, o sea, en etapa cuatro. No te puedes imaginar la tristeza que me dio. Se le practicó una mastectomía radical, y cuando le dieron de alta, regresó a mi oficina y créeme que no faltaron confidentes que me aconsejaron que no asumiera responsabilidad. Pero como para eso hay que nacer, tan pronto la vi, le dije:

-Ana, quiero pedirte perdón. Nunca antes me pasó algo así. No puede ser que en los años que llevo atendiéndote, nunca antes te haya ordenado una mamografía. Tú que vienes a verme casi todos los meses, que te tomo la presión, que te monitoreamos el nivel de azúcar en la sangre, que te ausculto y te examino el abdomen. ¿Cómo va a ser que yo nunca te haya revisado los senos y que tú tampoco hayas palpado nada? De corazón lo siento mucho, sobre todo porque el cáncer de seno es prevenible con la mamografía anual.

Y este es el momento del que te hablaba al comienzo de este capítulo. Cualquier otra persona hubiese salido corriendo a buscar a un abogado, o cuando menos hubiese desquitado su coraje y su miedo conmigo. Pero ella no era capaz de hacer algo así.

-No, doctor -me respondió ella, sin dudarlo-. No fue su culpa. Usted sí me dio el referido para la mamografía en más de una ocasión, pero yo le tenía pánico a que me exprimieran el seno con esas máquinas y nunca fui a hacérmela. No se sienta mal. Es mi culpa, no la suya. Quedé traumatizada la última vez que me la hice hace más de diez años porque me apretaron los senos demasiado. Me dije, "Ya estoy vieja. Nunca más". Me equivoqué, ya usted ve, pero fue mi culpa, mi decisión personal.

Yo solo la miraba, anonadado ante su valor, pero también admirado por esa integridad tan digna con la que estaba enfrentándolo todo. Tanto abogado a diario instigando a la gente a demandar a sus médicos si tienen la más mínima sospecha de haber sido diagnosticados tardíamente, y sin embargo ella estaba siendo tan honesta conmigo como yo lo había sido con ella. Otra, en su lugar, hubiese intentado sobornarme por unos míseros pesos, pues, al fin y al cabo, vivimos en el país en el que la mayoría juega la lotería porque sueña con hacerse rico de repente, y hay hasta quien ha deseado que le amputen la pierna incorrecta para poder ganar una demanda millonaria y no trabajar más en su vida.

-Pero doctor, he venido porque necesito pedirle un favor.
-Lo que quieras, Ana. Estoy aquí para ti. Pídeme lo que quieras.
-Quiero que me ayude a vivir el mayor tiempo posible. Usted sabe que estoy criando a una niña casi desde que nació y apenas tiene ahora ocho añitos. Yo no quisiera morirme sin verla llegar aunque fuera a la universidad.

Como quizá sabrás, una persona con cáncer en estado cuatro no suele sobrevivir a un año sin tratamiento. Y con tratamiento, la esperanza de vida puede ser de dos años, aunque con los nuevos avances, las estadísticas han ido cambiando considerablemente. Aún así, lo que ella me estaba pidiendo era científicamente imposible.

Incluso yo, que siempre he tenido fe en Dios y gracias a él he tenido fuerzas para mantener mi optimismo, te confieso que hubo ocasiones en las que sufrí la tristeza -y también la vergüenza- de decir que alguien iba a sobrevivir a un estado de gravedad solo para verlo morir de repente. De igual manera, nunca me he atrevido a decirle a alguien que le quedan horas de vida. Eso de los tiempos exactos es asunto de Dios y a Él se lo he dejado siempre.

-Me estás pidiendo algo muy difícil -le dije aquella mañana-. Recuerda que yo no soy oncólogo y que tú tienes casi setenta años. Ahora comenzarás la quimioterapia y eso a veces es un arma de doble filo. Pero lo que sí te puedo prometer es que le voy a pedir a Dios un milagro y que voy a hacer todo lo que pueda para ayudarte a lograrlo. No sé si podrás ver a tu hija graduada de la universidad, pero sí voy a pedirle, a insistirle, y a trabajar para que puedas celebrarle sus quince años. Estamos hablando de siete años más. Por alguna razón el siete es mi número preferido. ¿Te parece? ¿Me ayudas?

Ella sonrió, asintió con la cabeza y creo que ese día se fue de mi oficina con un poco más de paz, o al menos con la certeza de haber reclutado a un compañero que no la iba a dejar sola en su batalla por la vida.

Y aunque para hacerte el cuento corto ya es un poco tarde, te diré que el milagro se cumplió. Ana luchó y resistió siete años de quimioterapia. Hubo días en los que llegó a mi oficina casi desfallecida, pero resurgía como el ave fénix después de una inyección de antibióticos o de un antiinflamatorio, dependiendo de si venía con un dolor en su cadera o con una infección urinaria.

Pasó el tiempo, y un día, un dolor la trajo a mi consulta con premura. La referí para radiación oncológica y, tras el tratamiento, el PET Scan vino negativo. No puedo explicarte su alegría y no tengo palabras para describirte como su fe fue renovada. Me convertí en su mejor amigo y su confianza en mí no tenía límites, como tampoco los tenía mi admiración por ella.

Así vivió ocho años más, le celebró el quinceañero a su niña, y casi la vio llegar a la universidad, lo que como médico te puedo asegurar que fue realmente un milagro.

Cuando su hija estaba al cumplir los diecisiete años de edad, sufrió una trombosis en una pierna, seguida por una arritmia. Los paramédicos la llevaron a emergencias de un hospital en el que yo no podía tratarla y su condición comenzó a complicarse, hasta que murió unos meses antes de terminar de escribir este libro.

Ni siquiera me pude despedir de ella, porque la doctora que la recibió en el hospital en el que yo no tenía privilegios de admisión, decidió llevársela a otro centro de rehabilitación y yo no tuve derecho ni oportunidad a ofrecer alternativas. ¿Qué opinas, amigo? Quizás fue mejor así, ¿verdad? Yo la recuerdo a menudo, siempre en vida, y estoy convencido de que, junto a Juana, Ana, es otro de esos ángeles de luz que iluminan mi camino.

De hecho, y a pesar de la sinceridad de ella, después de aquella mañana en la que nos reencontramos en mi oficina me propuse nunca más escribir una receta o prescripción sin copia. Desde entonces, vivo más tranquilo, sabiendo que serán menores las probabilidades de que se me olvide o se me acuse de no ordenar una mamografía u otro examen a tiempo. Créanme que es otra forma de practicar medicina a la defensiva para evitar problemas, sin olvidar que los milagros existen y los pacientes maravillosos, también.

• • •

Secreto de médico #6

Cada día surgen nuevos adelantos, nuevas tecnologías y nuevas maneras de hacer las cosas. Mientras tanto, huir a la incomodidad, dejarte controlar por el pudor o tenerle miedo a la posibilidad de un diagnostico positivo (que es negativo para la persona porque significa que se encontró lo que se estaba buscando), te puede costar no solo la vida, sino también tiempo precioso con los que te necesitan.

Si les tienes miedo a las mamografías, pues prueba con la versión digital, que molesta menos. Si le tienes miedo a estar dentro de la máquina del MRI, pídele a tu doctor que te sede. Si odias desvestirte delante de tu médico, practica antes desvistiéndote delante de un amigo en quien confíes. O mejor aún, alquila cualquier documental sobre modelos de pasarela. No todos tienen buen cuerpo, pero todos tienen una total falta de pudor cuando de quitarse la ropa delante de extraños se trata. Así, cuando te toque a ti, desvestirte será como ser súper modelo durante el rato que dure la consulta. Créeme que no es lo peor que podría pasarte.

Te ruego que busques herramientas y soluciones a tus miedos y que nunca dejes que controlen tu salud. Eso puede matarte.

• • •

Capítulo 7

Mensajes a través de una pantalla.

A lo largo de mi carrera, muchas personas se han acercado a preguntarme cómo fue que llegué a la televisión. De hecho, parecería ser la pregunta obligatoria en las entrevistas que me han hecho para la radio, la prensa escrita y hasta para la propia televisión.

En realidad, no me molesta que me pregunten. Es más, te confieso que me han preguntado cosas mucho peores, como, por ejemplo, si soy médico de verdad, es decir, con licencia para practicar medicina en Estados Unidos, y si el programa "Caso Cerrado", a través del cual me di a conocer durante catorce años, no es más que una "actuación ensayada". La primera ya la he contestado en los capítulos anteriores. Y sobre la segunda pregunta, tras leer este capítulo, podrás tú mismo ser el juez.

Recuerdo que, cuando comencé en ese medio tan potente que es la televisión, no imaginaba el impacto que tendría en mi vida personal y profesional. A la doctora Ana María Polo, abogada estrella del popular programa "Caso Cerrado" (inicialmente llamado "Sala de Parejas"), la conocí el primero de enero del año 2002, gracias a la invitación de unos amigos a despedir el año en casa de un pintor cubano. Te imaginarás que yo allí solo conocía a los que me habían invitado, por lo que me sentía como pez fuera del agua.

Luego del conteo regresivo en la pantalla del televisor de la casa en la que esperaba, junto a extraños, la tradicional caída de la naranja en el centro de Nueva York, vinieron las doce uvas con sus respectivas peticiones, regresó la música y yo decidí sacudirme la nostalgia de mi isla saliendo a la pista a bailar.

Fue en ese momento cuando se me acercó una rubia hermosa y me dijo: "Y tú, tan elegante, ¿qué haces bailando solo?".

Imagínate. ¿Qué le iba a decir? De inmediato le viré la tortilla con algo así como: "Eso te podría preguntar yo a ti, con lo bonita que eres y aquí bailando sola", o alguna cursilería por ese estilo.

-No estoy sola -me dijo-. Estoy con amistades del programa en el que trabajo.
-¿Y en qué programa trabajas?
-En "Sala de Parejas" -dijo, agarrando mi mano y halándome tras ella-. Ven, que te voy a presentar a la doctora.

"La doctora", como le decían todos, estaba sentada en la terraza con quienes, luego supe, eran productores para su show.

-Me encanta lo que hace -recuerdo que le dije-. Mi madre la sigue todo el tiempo. Yo en realidad no puedo verla en vivo porque a las dos de la tarde estoy hasta el cuello de trabajo, pero la veo a veces en las repeticiones de medianoche.
-Y tú, ¿a qué te dedicas? -me preguntó.
-Soy médico. Trabajo para una clínica cuyos dueños son judíos, pero la mayoría de los pacientes son latinos.
-¿Sabes algo? -continuó ella-. Hace varias semanas estaba litigando un caso y no pude hacer la decisión final porque había

una historia médica de por medio y no sabía de lo que me estaban hablando. Les dije a los productores que, cuando tuviéramos casos así, necesitábamos tener en el programa a un médico como "testigo experto". ¿Te gustaría venir a mi programa?

No sé quién fue el que respondió con esa rapidez y una seguridad que ni yo sabía que tenía, pero creo que era yo mismo.

-Pues claro -le dije-. ¿A quién no le gustaría dar una opinión profesional en un programa como el suyo? A cada rato veo en las noticias a médicos que ni siquiera tienen licencia para ejercer dando opiniones erróneas, sin base científica. Sí, en verdad me gustaría dar una opinión médica responsable.

Al instante, ella llamó a uno de los productores que había estado con ella desde el principio del programa y parte del equipo que hizo posible su entrada en la televisión- y le dijo:

-Quiero que anotes el número de teléfono del doctor para invitarlo cuando tengamos un caso médico.

El productor me pidió que apuntara el de él, por si acaso se le extraviaba mi tarjeta, y tres semanas después me llamaron para el primer caso.

¡Que pasen los litigantes, por favor!

Los demandantes: el esposo y la hija de una señora adicta a las pruebas de experimentación médica querían que ella parara de participar en dichos estudios, pues desde hacía más de un año venían notando que había comenzado a enfermarse frecuentemente, que había aumentado de peso, que los ronquidos que salían de su garganta mientras dormía la ahogaban y que mentía sobre enfermedades que no padecía para ser reclutada y poder formar parte de los estudios.

La demandada se defendía negando que estuviera enferma por causa de los estudios. Alegaba que le pagaban muy bien y que, sin ese dinero, no podía pagar todos los gastos de la casa trabajando en una factoría. Que su esposo solo traía a la casa un cheque miserable porque estaba discapacitado, y que la hija de ambos, madre soltera, tenía ocho meses de embarazo y no trabajaba.

Después del debate entre los litigantes y del interrogatorio de la doctora Polo, me hicieron llamar como experto.

-La comunidad médica y la sociedad en general necesitan sujetos de investigación para hacer estudios y poder aprobar medicinas nuevas y tratar así las diferentes enfermedades -opiné.
-Pero cuando alguien finge tener un diagnóstico para participar en una investigación médica con el solo propósito de lucrarse de ese proceso, puede terminar poniendo en peligro la verdadera efectividad del estudio en cuestión y su propia salud. De hecho, esa pudiera ser una de las causas por las cuales, a veces, medicamentos que han sido aprobados por la FDA terminan siendo retirados del mercado unos años después.

¿Cómo es posible que pueda ocurrir esto? Pues porque hay enfermedades cuyo diagnóstico es puramente clínico, como la migraña, por ejemplo. También la artritis. Al comienzo de la enfermedad, un paciente puede tener dolores articulares sin deformidad, y así sucesivamente. La medicina no es una ciencia exacta, y en ese margen de duda, gente como la señora de este caso puede afectar el sistema y evitar que funcione correctamente, poniéndose en riesgo ella y, potencialmente, a otras personas.

Basándose en mi opinión, la doctora Polo le prohibió a la mujer continuar ofreciéndose como "conejillo de Indias" para estudios médicos experimentales. Al terminar el caso, recuerdo que la demandada, desafiante ya fuera del set, decía mientras le quitaban el micrófono:

-Yo voy a seguir haciéndolo porque a mí nadie me paga la renta y prefiero exponer mi cuerpo antes que trabajar en una factoría.

Así comenzó mi participación en ese popular programa, dando opiniones responsables que eran seguidas por el sonido contundente del martillo y la vibrante expresión que aún pone punto final a cada decisión: "¡Caso cerrado!"

Y como suele suceder en mi vida, las críticas no se hicieron esperar. Desde gente ajena a la producción que alegaba que yo no podía saber de todo en medicina, hasta ejecutivos involucrados con el show que pedían más variedad en expertos médicos. Yo nunca estuve en contra de eso, pero trataba de recompensar la confianza que la doctora Polo había puesto en mí, haciendo de tripas corazones para atender mi práctica y también estar disponible para grabar hasta tarde en la noche cuando se necesitaba.

También me propuse estudiar y aprender a hablar en un lenguaje comprensible para todos los niveles de audiencia, sin afectar la veracidad del argumento médico que estaba defendiendo. Trabajé mucho en hablar de forma que la gente pudiera entenderme, que pudiera hacer uso de la información sin tener que recurrir a diccionarios médicos. Eso era lo que me preocupaba: conectar con el público. Los críticos no, porque los profesionales de la salud sabemos diferenciar cuándo el que habla sabe lo que está diciendo, y cuando es un impostor, y sabía que los buenos colegas iban a entender y a darle valor a lo que estaba haciendo. Cuando uno de esos médicos dedicados y capaces me criticara, entonces me preocuparía.

Sí hubo un querido amigo de muchos años que me criticó porque pensaba que el programa tocaba temas demasiado fuertes que podían comprometer mis valores cristianos y me pidió que lo abandonara. Pero hubo también muchos que me felicitaron, apoyando esta nueva faceta de mí, y agradeciéndome que siguiera siendo el mismo Misael, manteniéndome al margen de los escándalos que tan a menudo leemos en las revistas de farándula.

Dicho todo esto, a ti sí te quiero dar explicaciones sobre la razón por la cual permanecí en el programa todos estos años. Y es que, más allá de cualquier controversia o remuneración, "Caso Cerrado" fue el primer programa que me ofreció la oportunidad de educar a las decenas de miles de personas que me han seguido a través del tiempo.

Todavía se acercan a mí en la calle. Todavía me detienen en el supermercado para abrazarme. A menudo, cuando voy manejando, me tocan la bocina para saludarme. Me dicen que los he ayudado de alguna manera y me dan las gracias.

Pero soy yo el que les debo gracias a ellos... a ustedes... a ti. Pues gracias a esa experiencia y a ese cariño, comprendí que lo importante es trabajar para que otros tengan salud. No importa por qué medio se haga. En mi práctica diaria puedo ver entre veinte y veinticinco pacientes al día. A través de la televisión, puedo llegar a muchos más.

Y luego están las experiencias que te tocan de cerca. Con el programa viví historias que me marcaron para toda la vida y que me han hecho comprender que mi paso por "Caso Cerrado" no fue un accidente.

El joven autista

Manuelito, como cariñosamente lo llamaba su abuela, era un muchacho autista de veintiséis años de edad cuando llegó a mi oficina. Su edad mental era tan limitada que no se podía anudar los cordones de sus zapatos. Parecía estar constantemente en un mundo fantástico. Apenas hablaba y pasaba casi todo el tiempo escuchando música con sus audífonos y su aparato de CD.

Su abuelita me lo trajo porque me había visto en la televisión, y al poco tiempo me confesó que estaba maravillada, pues nunca lo había visto tan calmado y confiado durante un examen médico, lo que me alegraba muchísimo. Solo en mí confiaba para examinarlo físicamente, tomar su presión arterial y hacerle exámenes de laboratorio. Solo a mí me permitía entrar a su mundo.

En otra ocasión también me comentó la abuela que tenía la esperanza, antes de morir, de ver al "niño" avanzar en su desarrollo psicológico y ser un poco más independiente. De lo contrario, temía que, al faltar ella, el muchacho terminara en una casa para cuidado de adultos con problemas mentales, pues su mamá se había vuelto a casar y tenía otros dos hijos.

Para ayudar a Manuelito, y como en aquel entonces yo no tenía mucho conocimiento sobre el autismo más allá de lo que enseñan en la escuela de medicina y durante la residencia de pediatría en Cuba, me puse a estudiar el tema, consultando con psicólogos y psiquiatras sobre las medicinas apropiadas para tratar la agitación, el insomnio y otros temas que preocupan a los padres de los niños autistas.

Un día se me ocurrió llamar a una productora del programa, pues me parecía que era un tema interesante para llevar a "Caso Cerrado", y ella, haciendo casi un papel de trabajadora social, descubrió que había problemas serios entre la madre de Manuelito y su abuela, pues no lograban ponerse de acuerdo en la mejor manera de ayudarlo. Así, la productora logró convencerlas para que trajeran su historia a la televisión. La madre demandaba a la abuela, quien tenía la autoridad como tutora legal, alegando que consentía al "niño" hasta el punto de hacerle más daño que beneficio.

Fue el primer caso en el que recuerdo haber visto a la doctora Polo bajar de su estrado y sentarse con ambas mujeres en una sala especial para crear un ambiente más familiar y llegar a un acuerdo. De hecho, "Caso Cerrado" fue uno de los primeros programas en hablar seriamente sobre el autismo. Luego supimos que uno de los altos ejecutivos de la cadena tenía un nieto autista y que todos los años patrocinaba una marcha para recaudar fondos para una organización no lucrativa que brinda apoyo a esta enfermedad. Por supuesto que ese año nos unimos a la marcha.

Luego de que la abuela tuviera un accidente automovilístico y ganara una demanda de unos treinta mil dólares, me llamó para decirme que los usaría para llevar a Manuelito a Costa Rica, pues había escuchado de unos tratamientos de células madre que habían sido exitosos en combatir enfermedades neurológicas. Para ese tiempo, ya él no era mi paciente, pues ya no trabajaba con pacientes de Medicaid, pero aun así ella me lo traía a la consulta para que lo revisara y viera los resultados de los laboratorios hechos por el nuevo médico primario.

-¿Qué opina usted, doctor Misael, sobre esos tratamientos? ¿Cree que puedan ayudar a mi nieto? -me interrogaba desesperada.
-La verdad, no tengo experiencia con ellos -le contesté-. Sé que se está hablando mucho de ello, pero todavía se trata de algo muy experimental. Me dolería que perdieras el dinero y luego no funcionara. La verdad, no he visto evidencia de que la medicina esté más desarrollada en Centro y Sudamérica que aquí en el norte. Ella me miraba y yo veía en su rostro que no quería abandonar la idea que le había dado esperanza.
-Señora, siempre he pensado que es una pena que la gente, por desesperación, tenga que ir fuera del país en busca de tratamientos no aprobados por la FDA -fue lo único que se me ocurrió decirle en ese momento, a manera de advertencia, o quizás hasta de súplica. Porque ¿cómo le quitas la esperanza a una abuela? Yo quería cumplir con advertirle de los riesgos, pero no quería dejar de apoyarla si su intuición le estaba diciendo que por ahí estaba el milagro.

Al cabo de unos días, me volvió a llamar.

-De todas maneras, me voy a arriesgar. Yo no contaba con ese dinero del accidente y estoy vieja. Me puedo morir en cualquier momento, doctor, y como le dije el primer día que lo conocí, si Manuelito no mejora, cuando yo ya no esté terminará internado en un lugar para enfermos mentales y se quedará solo.

Finalmente, se lo llevó para hacerle el tratamiento en Costa Rica. Meses después, me dijo que felizmente sí había visto mejoría en su nieto. Entre otras cosas, pudo verlo abrocharse los cordones de los zapatos por sí mismo. Me alegré, porque prefiero que mis pacientes encuentren salud a tener la razón.

Hace poco, recibí la triste noticia de que esta señora, que tanto luchó por su nieto, murió en otro accidente automovilístico. Nunca más he sabido de él, pero lo recuerdo y a menudo lo incluyo en mis oraciones, como tal vez debe estarlo haciendo su abuelita, si en verdad los que nos anteceden en la muerte pueden interceder por nosotros.

El caso del niño ciego

-Doctor, afuera hay una mujer con un niño de tres o cuatro años de edad en los brazos. Dice que viene a verlo a usted -me anuncia la enfermera un día-. Le dimos esa cita a la madre hace más de tres meses, pero nunca nos dijo que era para que usted viera al niño. También ha venido su esposo. Vienen desde Oklahoma. Ya le explicamos que usted no está viendo a niños en estos momentos, pero insisten en verlo personalmente. Dicen que lo han visto en "Caso Cerrado" y que usted sí los va a ayudar.

Cuando entré al cuarto de examen en donde me esperaban, me sobrecogió algo muy raro y recordé mis años de entrenamiento como pediatra. Ya la vida se había encargado de llevarme de extremo a extremo y mi práctica se había ido convirtiendo en una práctica de adultos, grupos muy difíciles de combinar en una misma oficina. Aun así, sentí nostalgia.
-¿De dónde son ustedes? -pregunté después de saludarlos.

-Somos cubanos -contestó el padre-. Vinimos por la lotería de visas, y como no tenemos familia en Miami, nos ubicaron en Oklahoma. La verdad, allí nos ha ido muy bien. Tengo un buen trabajo y un seguro médico para la familia.

-Pero en Oklahoma ya nos dijeron que no pueden hacer nada más por el niño -interrumpió la madre, quien cargaba al pequeño en sus brazos no porque no caminara, sino porque era ciego-. Queríamos que usted lo viera y nos orientara, porque sabemos que es un gran médico y que fue pediatra en Cuba.

Yo observaba que, mientras yo conversaba con los padres, el niño me seguía con la cabeza cada vez que yo hablaba o me movía dentro del consultorio. Lo hacía de una manera muy natural, como si me conociera, y a diferencia de la mayoría de los niños que lloran cuando ven al doctor con bata blanca, cuando su mamá le dijo que saludara, lo hizo con una sonrisa y chocándome la palma de mi mano con sus cinco diminutos deditos.

-Cualquiera diría que me conoce.

-Claro que lo conoce, doctor. Nosotros lo vemos casi todas las tardes en el programa y cada vez que usted está en un caso y empieza a hablar, él se pega a la pantalla como buscándolo y gira la cabeza y se ríe.

-Mamá -le dije con el pecho estrujado-. Me apena no poder ayudarlos. Aparte de no estar equipado aquí para ver niños, no soy oftalmólogo.

Pero no había terminado de decir aquello cuando escuché esa voz de la cual ya te he contado. Me dijo: "Llévalos a 'Caso Cerrado'".

Se me ocurrió llamar a una de las productoras, explicarle que habían venido de lejos y pedirle que les permitiera conocer a la doctora Polo. Una vez allí, la productora conversó con los padres y descubrió la gran tensión que existía entre ellos en cuanto a lo que había que hacer para ayudar al niño.

La productora entonces los trajo al programa como parte de una "demanda de amor", para ayudar a este niñito que no podía ver.

La madre quería vivir en Miami para buscar una segunda opinión experta sobre su hijo. El padre, por su parte, no quería abandonar su trabajo con beneficios para venir hacia otro estado a empezar de cero.

Casi al final del segundo bloque de la historia, y sin haberlo pensado mucho, se me ocurrió algo e interrumpí:
-Doctora Polo: espero no meterme en problemas por decir esto, pero en este país, si alguien llega a la emergencia de algún hospital, no se le puede negar ayuda, aunque no tenga seguro. Tal vez si la madre llega al Instituto del Ojo en Miami, considerado número uno en oftalmología en la nación, y explica que el niño se está quejando de dolor en los ojitos, le pueden abrir una historia clínica y atenderlo allí.
-Ya escuchaste al doctor -me apoyó la doctora Polo-. Ya sabes lo que puedes hacer y ojalá se mejore pronto tu nene. He dicho. ¡Caso cerrado!

Pasaron más de seis meses y no volví a saber de esta familia hasta el día en el que el padre se me apareció en la oficina para una consulta personal. Cuando le pregunté por el niño, me contestó:
-Doctor, hicimos lo que usted nos recomendó y atendieron al niño. Ya le hicieron una operación y está empezando a ver. Le

van a hacer otra intervención en unos meses y tenemos esperanza de que pueda crecer viendo.

No los he vuelto a ver más, pero confío en que encontraron salud y por este medio les envío mi saludo y mi abrazo.

El *tumor misterioso*

Una mujer hermosa, como tantas venezolanas, vino a verme desde Boston, la ciudad que yo llamo la capital de la medicina en los Estados Unidos de América. Yerlín venía desesperada a mi consulta con una masa entre el cuello y la clavícula izquierda. Había visto alrededor de siete médicos y especialistas; le habían practicado cuatro biopsias y todas habían resultado negativas.

-Vengo porque usted es mi última esperanza.
-Por favor, no me digas eso. Yo apenas soy un médico general en atención primaria -le respondí nervioso, con el corazón en la boca. Resulta que, cuando ella tenía cuatro meses de embarazo, le empezó a salir una bolita en la zona izquierda del cuello que fue creciendo a la par de su barriga, hasta convertirse en una pelota de béisbol.
-Hace tres meses que di a luz a mi primer hijo, tengo treinta y nueve años y esta masa en el cuello sigue creciendo y nadie sabe qué es -me contó asustada.

Con cuatro biopsias negativas, se me ocurrió descartar otras patologías. Nadie le había suministrado antibióticos en todo ese tiempo. Le hice nuevas pruebas de laboratorio y la cubrí empíricamente con doxiciclina, porque había escuchado en una conferencia que este medicamento tenía propiedades antitumorales. Además, le di cortisona para la inflamación porque el dolor no le permitía cargar a su hijito con tranquilidad. Los primeros días me llamó contenta, porque la masa había comenzado a disminuir, pero cuando terminó el antibiótico y el esteroide, vino por los resultados de laboratorio y estaba igual.

Entonces me dije: "es hora de llamar refuerzos".

-Te quiero remitir a la doctora Beatriz Améndola, una radio-oncóloga a quien no conozco personalmente, pero de la que he oído que tiene muchos años de experiencia y es muy respetada por la comunidad médica. Aunque no tengas un tumor maligno, ella puede destruir ese tumor con una máquina de radiocirugía que es una de pocas en su clase en el mundo. No se me ocurre otra cosa en este momento.

Con mucha gentileza y profesionalismo, la doctora Améndola la recibió y le dijo:

-Yo te irradio el tumor y así puedo aliviar todos tus síntomas de dolor e impotencia funcional, pero mi experiencia me hace sospechar que tienes un linfoma de Hodgkin, que, a pesar de ser un tumor maligno, hoy es cien por ciento curable, aunque a veces sea difícil de diagnosticar, porque la biopsia tiene que tener ciertos elementos básicos y depende de la muestra. Yo tengo un cirujano máxilo-facial de toda mi confianza que, en lugar de aspirar a través del cuello, entra por la garganta y toma la muestra de un área más profunda para ver las células que dan el diagnóstico. Entiende que el diagnóstico es difícil si los patólogos no pueden hacer las caracterizaciones precisas, pero si hacemos el diagnóstico correcto, el tratamiento es muy efectivo y vas a poder criar a tu hijo con toda la tranquilidad del mundo.

En pocas semanas, el diagnóstico fue hecho tal como esperaba la doctora. Yerlín recibió su tratamiento de radiocirugía para reducir el tumor mucho más rápidamente y poder cargar a su bebé al mismo tiempo que hacía las sesiones de quimioterapia, que son el tratamiento estándar para la enfermedad de Hodgkin.

Quiero decir que de los pocos equipos de radiocirugía que existen en el mundo bajo la marca EDGE (originados en Palo Alto, California), el segundo que se fabricó fue comprado por los doctores Améndola, pues el esposo de la doctora de la que aquí te hablo es otro respetado radiólogo intervencionista y pusieron en esta tecnología todos sus ahorros.

Un año después, Yerlín está curada y agradecida de poder ver crecer a su hijo, que ya cumplió su primer año de edad.

Y aquí comparto unas palabras que Yerlín quiso escribir:

"Con la fe y la esperanza siempre vivas, pero exhausta de tantas pruebas médicas sin conseguir diagnóstico, una tarde cualquiera vi al doctor Misael González en un programa de televisión. Me llamó la atención, no solo por su obvia preparación en el área de la medicina, sino por la calidad humana que transmitía. Por eso decidí contactarlo para una cita médica. Viajé miles de millas y, efectivamente, al llegar a su consultorio, demostró lo que había reflejado la pantalla de mi televisor. Luego de varias visitas médicas, me refirió a un especialista y juntos trabajaron como un gran equipo de profesionales. Llegó el tan esperado diagnóstico, me sometí a un tratamiento para lograr así la palabra más anhelada por un paciente oncológico: REMISIÓN. Creo que fue la mano de Dios la que me envió a estos ángeles de bata blanca para que yo tuviera otra oportunidad de vida. Por muy duras que sean las circunstancias, todo sucede en el mejor tiempo y con las mejores personas. Agradezco este espacio para compartir con los lectores el sentimiento de gratitud que nunca me abandona. Quiero felicitar al doctor Misael por ser un gran médico, y agradecerle que haya sido el mío cuando más lo necesité.

• • •

Secreto de médico #7

Hay un dicho que dice "haz bien y no mires a quién". En la televisión, así como en la radio, la prensa escrita y en la web, ese dicho se cumple literalmente y a gran escala.

Por eso, si eres un profesional con información que puede ayudar a los demás, ojalá nunca dudes en decir "sí" a una invitación para transmitir aquello que puede cambiarles la vida a miles. No importa que sea inconveniente, que te expongas a críticas o que haya días en que lo que preparas para el aire no salga como hubieses querido. Hazlo de todas formas porque es tu deber, pero también porque el que da recibe siempre más de lo que dio.

A mí la experiencia me cambió la vida. No hay precio para el cariño de los miles y miles de pacientes a distancia que mi trabajo en los medios me ha dado. Entre ellos estás tú, querido amigo que lees este libro. ¿Qué más podría yo pedir?

· · ·

Capítulo 8
Un palacio para el retiro.

Siempre hemos escuchado que los niños son la esperanza del mundo, y a ellos se les educa y protege con fuerza. Ellos no pidieron venir a este mundo, pero llegaron, y se merecen toda la dicha. Lo decimos especialmente porque todos pasamos esa etapa y la mayoría de nosotros tuvimos carencias que no quisiéramos para quienes nos suceden. Es por eso que los adultos nos enfocamos en ellos, trabajamos duro por sacar adelante la familia e intentamos no cometer con ellos los errores que fueron cometidos con nosotros cuando éramos pequeños.

Y así, invertimos valioso tiempo trabajando, creando, luchando por ellos, y cuando llega la tercera edad, empezamos a darnos cuenta de todo lo que nos faltó por aprender o hacer.

Pero la vida que hemos vivido nos pasa la cuenta, casi siempre afectando nuestra salud (física y mental) y los últimos años se convierten en una agonía, no solo por el temor subconsciente que desarrollamos ante la muerte y el dolor, sino porque el verdadero dilema comienza al ver amenazada la estabilidad y la felicidad por la que siempre luchamos.
-Doctor, no sé por qué estoy aquí -me dijo una paciente amorosa, al llegar un día a visitarla a una facilidad para el cuidado de ancianos.

Era una de las más lujosas en la ciudad de Miami en aquel entonces, un "palacio para la tercera edad". Para vivir allí, se necesitaba un cheque de retiro de más de dos mil dólares al mes, y eso, para compartir una habitación, pues las privadas costaban el doble.

Era como un cuarto de hotel de lujo con baño incluido. El comedor era como un restaurante y tenía salas de juegos de cartas, bingo, ajedrez, áreas para eventos con piano incluido, una enfermería, jardines, y transporte para pasear o para ir al doctor. Un sitio ideal para aquellos que no querían pasar el final de sus días solos, pues allí vivían más de trescientas personas que, aunque independientes en sus actividades de diario vivir, necesitaban cierta supervisión y ayuda.

-Yo no tengo por qué estar aquí -me repitió Blanquita con voz apesadumbrada-. Tengo una hermosa casa en South Miami con patio y piscina. Mi esposo me dejó un retiro y dinero suficiente para vivir hasta mi muerte. Tengo una dama de compañía jamaiquina que viene de siete de la mañana a siete de la noche todos los días. Me ayuda a bañarme, me saca al patio, me cocina, y a las siete, me deja en mi cama viendo la tele o leyendo hasta el próximo día.

A "Blanquita", como la voy a seguir llamando para proteger su identidad, la conocí cuando fue admitida bajo nuestro servicio geriátrico en un centro de rehabilitación a donde había sido traída por un diagnóstico de síncope y decline de sus funciones. De pronto, en su historia clínica apareció una hoja de declaración de incompetencia mental y su hija, que había trabajado para el gobierno estatal -específicamente en un departamento de protección de ancianos- se encargó de llevarla al neurólogo para que la declarara incapacitada.

Blanquita era una viejita americana blanca. Contaba con unos ochenta años y me encantaba practicar mi inglés con ella, porque hablaba despacio, con acento neutro, y sobre todo porque me entendía. Incapaz de corregir mi acento o mis faltas gramaticales, siempre sonriente, sin quejas, como ausente a lo que le estaba pasando. Sin embargo, si estaba muy orientada en cuanto a tiempo, espacio y persona. Le gustaba leer y no tenía problemas de visión ni auditivos. Su piel parecía la de una jovencita, con pocas arrugas en su cara, y tenía sus dientes intactos. Comía bien y se mantenía en su peso. Me causó dolor, mucho dolor, verla allí, despojada de su hogar por su propia hija.

-No tengo nada en contra de ella -me decía ahora, refiriéndose esta vez a la otra paciente con la cual la habían puesto a compartir un cuarto del "palacio"-. Pero no estoy acostumbrada a compartir cuarto, y menos a compartir el mismo baño. Yo nunca he tenido ninguna infección en mis partes. En casa uso mi propio bidé y aquí no podré asearme como acostumbro. No entiendo por qué mi hija ha hecho esto. A ella siempre se lo he dado todo.

"Sí, me imagino", pensé yo. "Hasta el derecho de adueñarse de tu casa legalmente", aunque no me atreví a decirlo en voz alta.

Cuando pude alejarme de ella un poco, simulando que iba a escribir en la historia clínica, llamé con un gesto a la criada, que había ido a llevarle unas cosas.
-¿Qué está pasando aquí? -le pregunté.
La muchacha, ya en sus 35 años, más o menos, me dijo:
-Ay, doctor, es muy triste. Hace siete años que trabajo para Blanquita y la verdad nunca pensé que vería algo así. La hija la metió aquí para apropiarse de la casa. Imagínese, esa casa tiene

cuatro dormitorios. Ella pudo haberse mudado con la mamá, pues se acaba de retirar, pero le molestan los viejos, y lo peor es que ella ha trabajado para el gobierno por muchos años y sabe cómo hacer las cosas para justificarse. Así que ni intente denunciarla, porque usted está empezando y ella puede destruir su carrera. Yo, por lo pronto, tengo que empezar a buscar otro trabajo, porque ya me cortó las horas a la mitad y me imagino que, cuando Blanquita tenga unos meses aquí, dirá que ya no me necesita.

¿Qué puede hacer un médico cuando ve algo así y no puede denunciarlo sino en un libro? Si no fuera porque creo en la justicia divina y sé que esa hija pagará por su crimen, no hubiera podido seguir haciendo este trabajo. Dios tampoco dejó a Blanquita sufriendo allí y se la llevó en menos de seis meses. Juzguen ustedes, si es que pueden.

Otra historia que me conmovió fue la de Anette, una paciente que me asignaron en un hospital de rehabilitación.

Anette era millonaria. Dueña de su propia empresa de compra y venta de bienes raíces. Su propiedad en Coral Gables (ciudad exclusiva en la ciudad de Miami de gente de clase adinerada en su mayoría) tenía dos acres de terreno, y estaba valorada en más de dos millones de dólares.

Una llamada anónima al departamento de niños y familias, y posteriormente canalizada a través de la unidad de protección de ancianos, abrió este caso. La llamada en cuestión era por abandono de Anette, quien vivía sola, ya que su hijo tenía problemas mentales y vivía dentro de su auto, sumido en su delirio por coleccionar antigüedades, entre otras cosas.

Cuando alguien hace una llamada anónima, el Departamento de Niños y Familias tiene la obligación de abrir una investigación. En este caso, una investigadora, al llegar a la casa de Anette, encontró que ella llevaba días en cama. Había sufrido una caída, y por miedo a volver a caerse, dejó de caminar. Su pequeña casa, vieja y de madera dentro de un terreno tan grande, parecía aún más abandonada de lo usual, con gatos sueltos y mal alimentados entre otras cosas que hacían evidentes el descuido y la incapacidad de Anette para seguir valiéndose por sí misma. Dado que su hijo tampoco estaba mentalmente capacitado para cuidarla, el próximo paso era ir a corte para buscar un permiso para removerla de su casa y asignarle un guardián legal que pudiera tomar decisiones en su mejor interés.

Así llegó al hospital, y allí, a la unidad de rehabilitación, de donde nunca salió, pues no volvió a caminar y fue declarada mentalmente incompetente por un psiquiatra independiente asignado por la corte.

Lo que nunca esperé fue ver cómo dicha firma guardiana malgastó sus recursos, vendiendo su propiedad por un precio ridículo por debajo de los doscientos mil dólares -o sea, el diez por ciento del valor real del terreno- "sabe Dios si a alguno de ellos mismos", como comentó en aquel entonces una vecina.

Y fue el programa de Medicaid el que terminó pagando por su cama en el asilo, y por supuesto, nosotros, los contribuyentes.

Algunos de ustedes se preguntarán por qué una vez más no hice una denuncia, aunque fuera anónima, pero la verdad es que dicha compañía estaba manejada por una firma de abogados, y al final ellos conocen la ley mejor que nadie. Saben utilizarla a su favor.

Un consejo que siempre doy a mis pacientes de la tercera edad es que no firmen nada sin que sea revisado por un abogado con experiencia en este campo. En inglés se les conoce como *Estate Lawyer*.

Aún me parece estar viendo a "Filomena", otra paciente que, al llegar a una de las facilidades para cuidado de ancianos donde veía pacientes todos los meses, estaba llorando.

-Hace una semana que la trajeron, doctor, y no para de llorar -me dijo una de las empleadas de la casa para cuidado de ancianos, como le decimos popularmente.

-¿Por qué lloras? -le pregunté.

-Mi hijo, doctor, mi único hijo, me ha matado viva.

-¿Cómo es eso?

-Resulta que hace dos meses enviudé. Mi marido me dejó cómoda, con un cheque de retiro de dos mil dólares, la casa paga y una buena cuenta de ahorros con la cual puedo pagar una empleada hasta que me muera, pues tengo 87 años. A la semana de morir mi esposo, vino mi hijo a decirme que le firmara un papel para que, si algo me pasaba a mí, él pudiera heredar la casa. De lo contrario, el gobierno se quedaría con ella. ¿Quién me iba a decir que mi único hijo, al que se lo hemos dado todo, me iba a engañar de esa manera? Lo que le estaba firmando era el traspaso de la propiedad a su nombre. Luego me dijo que me quería llevar unos días a una casa de descanso para que no estuviera sola pensando en mi marido, y resulta que me ha puesto en un asilo, y mis vecinos me han llamado para contarme que se ha mudado para mi casa con una mujer que es veinte años más joven que él.

-Duro, muy duro -le dije-. Pero, ¿qué puede hacerse ahora? Tú le regalaste la casa en vida sin saberlo. ¿Quieres denunciarlo? Es probable que pueda abrirse una investigación por abuso, pero eso puede conllevar a que lo arresten a él por abuso y a ti te pondrían un guardián legal que vele por tus intereses.

-No, doctor, es mi único hijo. Lo único que quiero en este momento es morirme y que me entierren con mi marido. Nunca esperé algo así.

Qué triste, ¿no? Luchar toda una vida para preguntarse al final de los días si valió la pena todo lo que hicimos. Se dice que el 70% de los mayores de setenta años está deprimido, y la verdad, con toda razón. No alcanza el dinero ni los bienes para mantener una buena salud que se deterioró, precisamente, por el exceso de trabajo y estrés de sacar la familia adelante, y luego los hijos tienen que luchar por los propios que engendran y papá y mamá ya hicieron su vida.

Antes, la gente engendraba muchos hijos para tener quien velara por ellos cuando fuesen mayores; sin embargo, hoy las facilidades para el cuidado de ancianos están llenas de personas cuyos hijos no pueden ocuparse de ellos, y así las prioridades seguirán cambiando con los años y, a veces, un amigo puede tomar una mejor decisión que la propia familia.

Vivir el aquí y ahora es importante, pero también lo es tomar las decisiones adecuadas con respecto al futuro antes de que alguien que ni siquiera conociste las tome por ti. He visto pacientes sin familia, entubados y conectados a un ventilador, y al hospital tener que ir a corte porque los guardianes legales no se atreven a desconectarlos, porque nadie quiere asumir la responsabilidad de la muerte de alguien o porque no quieren perder el cheque. Es duro decirlo, pero es la verdad. Piénsenlo ustedes.

• • •

Secreto de médico #8

Este secreto viene como cortesía de mis pacientes ancianos. Amigo, la mayoría de nosotros quisiera tener una larga vida. Los años de vejez pueden llegar a ser treinta, cuarenta o cincuenta. Vale la pena que te cuides, para que los vivas con salud. Hay mucho que puedes hacer. ¡Hay tanta alegría que podrás sentir aun cuando tu pelo esté blanco y camines encorvadito!

Pero para ello, necesitas salud.

Necesitas también tener tus papeles en orden. No solo me refiero a los asuntos de dinero.

¿Cómo quieres vivir tus últimos años? ¿En quién confías realmente para tomar decisiones sobre tu vida cuando tú no puedas hacerlo? ¿Qué familiares te han demostrado que te quieren realmente, ocupándose de ti, visitándote? El cariño se siente y se merece. Asegúrate de rodearte de él, y haz lo que puedas hoy para merecerlo después.

. . .

Capítulo 9

De pediatra a geriatra.

Hay quien dice que la vida es un círculo, y no se equivoca. Pero yo diría que también es una línea. Mi carrera médica es un buen ejemplo.

Como te decía en un capítulo anterior, yo hice mi especialidad en pediatría y, sin embargo, las vueltas de la vida me han llevado a desarrollarme más como generalista dedicado a las enfermedades de la tercera edad, o geriatría. Quizás esa línea de un extremo al otro de la vida es lo que me ha generado esta pasión por las técnicas de la medicina funcional y la ciencia antienvejecimiento.

Pero de estas cosas no se hablaba cuando aquello. Recuerdo que, en el Instituto Superior de Ciencias Médicas de La Habana, donde estudié, una vez completados los dos años en los que se imparten ciencias básicas, los estudiantes eran transferidos a las diferentes facultades de medicina de los hospitales docentes. Allí comenzaba la enseñanza de la carrera. Se aprendían (y supongo que todavía se aprenden) las ciencias clínicas en un salón de clase, pero también existía la oportunidad de participar como alumno ayudante de una especialidad. Esto último era muy importante, porque es cuando el médico confirma si en realidad quiere dedicarse a la especialidad en la que está internando, o no.

Por supuesto que, cuando llega ese momento, los alumnos tienden a inclinarse por las especialidades más populares, como la cirugía, la medicina interna o la pediatría, todas plataformas importantes para luego entrar en otra subespecialidad.

En Cuba, esas especialidades eran muy reñidas (y entiendo que lo siguen siendo). Conseguir una plaza en una de ellas era un proceso altamente competitivo y dependía entonces de las calificaciones del estudiante hacerse paso entre tantos buenos candidatos.

Yo seleccioné la pediatría porque me parecía interesante, pero también porque me sentía muy realizado cuando dirigía campamentos juveniles en la iglesia y cuando daba clases bíblicas o de música a niños y a jóvenes. En aquel entonces, pensaba que lo que me llenaba era la edad de mis estudiantes, poder ayudar a los más pequeños, a los más inocentes. Ahora, con más edad, me doy cuenta de que mi sentimiento de realización venía del acto de compartir conocimiento. ¿Por qué crees que hago tanto trabajo con los medios? Porque me apasiona enseñar, imaginar esa luz en el rostro de una persona de cualquier edad que por fin entiende qué es lo que tiene que cambiar para tener más salud. Cuando estamos aprendiendo, todos somos niños.

Pero yo era (más) joven en aquel entonces, no había vivido realmente y pensaba que, si me admitían, sería pediatra toda la vida, así que imaginarás la alegría que me dio recibir la noticia de que había sido seleccionado para una posición en esa especialidad.

Te cuento que entre las responsabilidades de un alumno ayudante estaban:

1. Pasar visita una vez a la semana en una de las salas de pediatría del hospital junto con el tutor asignado, quien era siempre un profesor o jefe de sala. A mí me había tocado en la de gastroenterología o EDA.

2. Una guardia semanal de ocho horas en la sala de emergencias.

3. Presentar anualmente, durante la jornada científica estudiantil del hospital, un trabajo de investigación científica.

Esto último era muy beneficioso, pues adquirías conocimientos nuevos, tanto de tu propio proceso, como de las investigaciones que presentaban los compañeros, a la vez que, de cierta forma, te preparabas para una futura tesis de especialidad. Los trabajos eran presentados ante un tribunal de expertos, y sin duda, era una de las actividades más dinámicas de toda la carrera. Se otorgaban premios que tenían peso a la hora de graduarnos con los suficientes créditos para pasar directo a una especialidad.

El día de mi primera guardia, llegué al hospital una hora antes de empezar mi turno. Estaba motivado y con muchos deseos de ponerme a trabajar. Me dirigí a Emergencias, donde estaban hidratando a un bebé de nueve meses. Me acerqué a ver los signos de deshidratación antes de que fuera demasiado tarde, porque en pediatría se trabaja muy rápido. Por primera vez vi unos ojitos hundidos, una boca reseca, la "mollera" o fontanela deprimida y un ligero pliegue cutáneo. Mientras una enfermera robusta le canalizaba la vena al niño, la residente de pediatría calculaba los electrolitos que llevaría el suero intravenoso antes de incorporarlos al vidrio.

Esto se hace de acuerdo con los metros cuadrados de superficie corporal del paciente y es un proceso delicado, pues, a diferencia de cómo se hace con los adultos, la mayoría de los medicamentos para niños se calculan y se dan en dosis exactas y el médico tiene que ser un artista porque los niños no tienen la capacidad de explicar cómo se sienten o qué les sucede exactamente.

La información que provee la madre también es fundamental, y ese interrogatorio, junto con el examen físico, son el comienzo importante del camino hacia un diagnóstico correcto. Luego, se irá armando un retrato con los síntomas y los signos que estos revelan para llegar a establecer un síndrome, y de ahí, eventualmente, a una confirmación del diagnóstico.

Esa primera mañana me mantuve vigilante. Era yo una esponja tratando de absorber todo lo que acontecía alrededor. Escribía cada detalle en un viejo cuaderno para no olvidar nada, y subrayaba todo lo que me aportara algo nuevo. Al caer la noche, y solo con la experiencia de aquel primer día, salí de allí como un súbdito más, rendido ante el milagro de esa especialidad tan hermosa.

Tuve muchos días como aquel en mis dos años como alumno ayudante. Ya cursando el quinto año de medicina, y como parte del proceso, mis tutores y preceptores dieron el aval y me convertí en instructor no graduado de la especialidad, lo que me acercó aún más a la posibilidad de continuar la especialización en pediatría por vía directa, una vez concluido el internado rotatorio y graduado de doctor en Medicina después de seis años de estudiar la carrera.

Esos años fueron muy especiales. Me formaron y no los cambiaría por nada en el mundo. Allí viví las primeras historias que nunca imaginé y que ayudaron a forjar mi carácter como médico. Aquí comparto contigo algunas de las que más me impactaron.

Aquella mirada

Estaba por finalizar mi primer año de residencia en pediatría cuando recibo una llamada de la sub-dirección docente para pedirme que fuera a mi casa a darme una ducha, a cambiarme de ropa y a comer algo. Tenía que regresar a cubrir la guardia de una de las residentes de tercer año, a quien súbitamente se le había enfermado su hija. Esto pasaría con frecuencia, pues yo era el residente más joven del hospital. Además, era soltero y sin hijos y, por lo tanto, no tenía una buena razón para negarme ante un pedido así.

Cuando regresé al hospital a las cuatro de la tarde, la especialista que estaba fungiendo como jefa de guardia estaba disgustada porque su residente estrella, la que se encargaba con ella de los casos más graves, se había ausentado, y no creo que le hiciera mucha gracia que fuera yo el que la estaba sustituyendo. Aun así...
-No me gustan los otros residentes de la guardia de hoy -me dijo, como consolándose a sí misma-. Quiero decir, no los veo suficientemente preparados. No son como ustedes, que vienen haciendo guardias de pediatría desde tercer año.

Ella se refería a médicos que venían de trabajar en áreas rurales. Al tener menos recursos, no estaban actualizados en comparación con quienes nos habíamos forjado desde el principio en hospitales docentes. O sea, que yo no estaba a la altura de su residente estrella, pero no era tan "malo" como "esos otros".
-Así que ven tú conmigo y subamos a los pisos superiores para pasar visita con los casos graves -continuó la residente en

jefe-. Dejemos a los otros residentes en el cuerpo de guardia, recibiendo a los niños que lleguen por emergencia.

Por aquellos años, dependiendo de cuántos residentes hubiera en el hospital, la guardia se hacía cada cinco o seis días. Los residentes de primer y segundo año hacían la guardia en cuerpo de guardia o en sala de emergencias. Los de tercer año trabajaban en las salas de pediatría, de acuerdo con la especialidad, viendo a los niños en estado de gravedad con el jefe de guardia.

Ya caminábamos por el pasillo, carpeta en mano, cuando me dijo:
-A ver. Tengo veintiocho niños graves en el hospital, catorce de ellos en la sala de cuidados respiratorios. Como tú llevas dos meses en esa rotación, quiero que tú los veas. Yo me voy a la sala de misceláneas, de ahí a gastroenterología y neurología, donde los graves suman doce. Quedarían dos en oncología y podemos verlos juntos, o si no, el que termine primero.

Creo que me recitó los números para ver si me asustaba, pero nada que ver.
-Me parece perfecto -le respondí con una sonrisa, antes de tomar el ascensor hacia la sala de cuidados respiratorios.
-Si tienes dudas sobre algún caso, me llamas -me dijo con firmeza.
-Así será -le aseguré antes de que se cerrara la puerta del ascensor. Pero no bien abrió el elevador en el piso seis, la enfermera de guardia me detuvo diciéndome que estaba muy preocupada por una niña de nueve meses ingresada con bronconeumonía. Según me contó, la madre la sacaba continuamente de la cámara de oxígeno, porque estaba irritable y lloraba mucho. Me rogó que la evaluara antes que a los demás niños, y yo, al verla tan asustada, la seguí.

Al llegar a la cuna constaté personalmente la gravedad del asunto, pues la niña presentaba falta de aire, lloraba con dificultad, y lo que llamó mi atención y nunca pude olvidar fue su mirada, los ojos vidriosos, como pidiendo auxilio a través de una ventana empañada.

De mi maestro, el doctor Rojo-Concepción, reconocido por la Organización Mundial de la Salud como una autoridad en neumología pediátrica, yo había aprendido a identificar los cinco rasgos que no podemos perder de vista cuando estamos considerando la gravedad en un niño, aún si no se tiene un diagnóstico certero. Sin importar el orden: la temperatura (muy alta y persistente o, por el contrario, la hipotermia), el color o rubor de la piel y la mucosa de un color arcilloso o polvoriento (amarillo pálido), el llanto continuo, a veces con timbre metálico a pesar de no tener fuerza, el apetito (cuando un niño cuyas vías respiratorias no están obstruidas, y aun así no te toma ni agua), y, por último, *la mirada*.

"Un niño con la mirada fija y cierta dilatación de las pupilas es un signo inequívoco de gravedad", solía decir el doctor Rojo.

Corrí al teléfono y llamé a la jefa de la guardia.
-¿No han pasado cinco minutos de haberte dejado solo y ya me estás llamando? -me contestó ella, "de atrás pa'lante", como decimos los cubanos-. Creo que esto no va a funcionar así. Si quieres, te bajo a la sala de misceláneas y subo yo a respiratorio -concluyó irritada.
-No tengo ningún problema en estar aquí solo, pero esto es una excepción. Si usted no puede venir a valorar a esta niña conmigo, yo llamo a terapia intensiva y solicito el traslado, porque esta niña está muy grave. Aquí en la sala no la dejo.

Intercambiamos palabras que no recuerdo exactamente, pero que no fueron nada cordiales. Terminé colgándole para llamar a terapia intensiva, y ya hablaba yo con el intensivista de guardia, quien me aseguró que buscaría una cama para la niña, cuando ella llegó hasta donde yo estaba.

-El hospital está lleno y esta nena tiene varios días admitida por bronconeumonía. Ya le he dicho a la madre que no puede estarla sacando de la cámara de oxígeno cada vez que llore. Yo preferiría que el especialista de terapia intensiva me guardara esa cama por si llega una emergencia por cuerpo de guardia durante la noche-argumentó ella cuando le dije que ya tenía cama para la niña.
-Doctora, pero está agitada, como si respirara con dolor, con hambre de aire. Yo le daría un bolo de esteroides para ver si podemos aliviar la inflamación.
-No está en el protocolo. Aquí prima la infección, no la obstrucción.

Yo intenté nuevamente darle razones. Le dije que la infección ya estaba cubierta con antibióticos de amplio espectro y que la base de ambas cosas, de la infección y de la obstrucción, podía ser la inflamación. Un bolo (dosis de entrada con esteroides) tiene una función especial como antiinflamatorio, y hoy día ya se sabe que tratando la inflamación primero, el bronquio se relaja y resuelve el espasmo.

Mientras discutíamos el tratamiento acaloradamente, se habilitó la cama en cuidados intensivos y convencí a la jefa de trasladarla.
-Prepárala que yo mismo voy a bajar a la niña a terapia intensiva y así discuto el caso con el especialista de cuidados intensivos -recuerdo haberle dicho a la enfermera.

Casi llegaba con ella a cuidados intensivos cuando la bebé comenzó a ponerse morada (cianótica) y la enfermera se asustó tanto que me la lanzó como una pelota para que yo corriera y llegara más rápido a la unidad. Al llegar, lo primero que pidió el intensivista fue un bolo de cortisona en alta dosis (tal y como yo había pensado) para ponérselo por vía intravenosa y la empezó a ventilar manualmente antes de entubarla. Creí que habíamos llegado justo a tiempo.

Esa noche, o el tiempo corrió más veloz que nunca, o yo estaba mentalmente bloqueado por haber comenzado la guardia con tanta adrenalina. Cuando terminé de examinar y escribir el reporte de los catorce niños reportados como graves en la sala de respiratorio, habían pasado las doce de la medianoche, ni siquiera había cenado, y la guardia había cambiado de especialistas. Para ese entonces, había dos especialistas jefes por guardia: uno cubría de cuatro de la tarde a doce del mediodía y el otro de doce de la medianoche a ocho de la mañana.

Al llegar a reportarme con la nueva jefa a cargo, le dije que había tenido la guardia más fuerte de mi corta carrera.
-Tuve que bajar personalmente a una lactante de nueve meses a terapia intensiva.
-Ah, sí. Ya me lo reportaron. La niña que falleció.
-¿Cómo? ¿La niña se murió? Pero ¿cómo es posible que nadie me dijera nada? -reaccioné indignado.
-Cuando le hicieron la radiografía del tórax, tenía pneumotórax (aire alrededor de los pulmones). Los pulmones eran dos triángulos que apenas podían ventilar aire. El Dr. Wong logró pasar un tubo y sacarle el aire, pero después hizo dos paros respiratorios y no pudieron sacarla del segundo.

-¿Por qué no me avisaron? -pregunté, cerrando mis ojos y volviendo a ver aquel rostro, aquella mirada.

Nadie respondió. Fue evidente para mí que la jefa de guardia debió sentirse mal por haber dudado de mi capacidad para darme cuenta de que la situación era seria. Ella sabía que, sin mi intervención, la niña habría fallecido en una sala regular, lo cual hubiera sido un escándalo.

Me parece estar oyendo aún los gritos de desesperación de los padres aquella noche. A las cuatro de la madrugada, cuando vinieron a buscar su cuerpecito para trasladarlo a la funeraria, encontraron que había dos piezas del mismo tamaño cubiertas por un paño verde. Los de la funeraria no sabían cuál era la niña, pues lo otro era una pierna amputada de otra niña con osteosarcoma (tumor maligno de hueso) y ellos no se atrevían a destaparlos. Me tocó entonces bajar a la morgue para identificar el cadáver. Imaginarás, amigo, que nunca he podido olvidar el rostro sin vida de ese angelito.

Y es que los médicos somos tan sensibles como las personas que atendemos. No imaginan cuánto duele una batalla perdida; más aún cuando nos cuestionamos si esa muerte pudo ser evitada.

Al día siguiente, todo el mundo comentaba el suceso en el hospital y algunos maestros se me acercaron para agradecer mi intuición, la cual evitó el escándalo de que muriera una niña menor de un año en una sala regular de un hospital pediátrico en Cuba. Luego se supo por la autopsia que la niñita había nacido marcada con una terrible enfermedad: la fibrosis quística del páncreas, una condición aún hoy incurable y que suele debutar con estos cuadros respiratorios. Muchos de estos niños no llegan a vivir hasta los veintiún años de edad.

Por su parte, la jefa de guardia tardó semanas en darme la cara, pero yo sé que, hasta hoy, ella y yo compartimos preguntas sin respuesta sobre aquella noche. Nunca sabremos si los pneumotórax pudieron haberse tratado a tiempo, ni si la niña hubiera sobrevivido a pesar del serio padecimiento que la marcaba. Y sí, claro, tengo la paz de saber que hice mi trabajo aquella tarde. Bueno, si es que se le puede llamar *paz* a cerrar los ojos al estar escribiendo estas palabras veintiún años después, y tener de inmediato frente a mí, claros como si los tuviera en frente, a aquellos ojitos que me pidieron auxilio aquel día.

De un extremo al otro

Cursaba el segundo año de residencia en pediatría en el mismo hospital cuando vine a los Estados Unidos de América. Después de pasar los exámenes que te certifican como médico graduado en el extranjero (ECFMG), es preciso entrar a un programa de residencia o especialización americano y completar al menos dos años para poder obtener la licencia que te permite practicar en el estado donde resides. En el sur de la Florida, solo existen dos programas de pediatría, por lo que era necesario registrarse a través de un programa de búsqueda nacional (*matching program en inglés*) e intentar también con otros programas de medicina familiar. De lo contrario, podían pasar muchos años antes de tener la oportunidad de practicar realmente.

Yo estaba dispuesto a asumir cualquier reto. Por aquellos años, la legislatura de la Florida pasó una ley que permitía a los médicos graduados en países que no tuvieran relaciones diplomáticas con Estados Unidos practicar por dos años bajo supervisión de un especialista, antes de extenderles una licencia sin restricciones para practicar como médicos generales.

Fue así como conocí al doctor Javier Sobrado, especialista en medicina interna y gastroenterología, quien estaba buscando un asistente que viera a sus pacientes geriátricos en varios centros de atención de la tercera edad para así poder él dedicar más tiempo a su especialidad. Acepté la oportunidad que me ofreció, y gracias a él, comencé a practicar nuevamente.

En ese entonces, se conocía poco sobre esas licencias restringidas y eran escasos los lugares (hospitales y asilos) que nos daban oportunidades de trabajo a quienes las obtuvimos. Dos de ellos fueron el Westchester General Hospital y el Larkin Community Hospital. Trabajo en ellos hasta el día de hoy, y lo hago con inmensa gratitud por su servicio como instituciones que nos abrieron sus puertas cuando nadie nos conocía.

Al principio fue difícil, como en todo lugar donde uno comienza de novato, sobre todo porque estaba habituado a tratar niños traídos por sus padres y abuelos, lo cual es muy diferente a atender ancianos, en su mayoría abandonados por sus familias. A los niños te los traen bien arregladitos, olorosos, bien peinados, mientras que muchos de aquellos ancianos ni siquiera gozaban de buena higiene personal. Te imaginarás que el cambio fue bastante duro para mí.

A las dos semanas de estar en funciones, mi jefe me ordenó ir a un asilo (*nursing home*, lugares donde viven personas que necesitan cuidados de enfermería las veinticuatro horas del día). El lugar quedaba lejos y él no había tenido tiempo de ir a verlos desde hacía ya un par de meses.

Una de las pacientes tenía alrededor de ochenta años y, después de interrogarla y examinarla, me agarró la mano con desesperación.

-Por favor, no te vayas. Quédate un ratico más conmigo que no tengo con quién hablar. Me senté al borde de su cama, y la verdad, no recuerdo nada de la conversación que sostuvimos, porque mientras ella hablaba de su familia, de su pasado en Cuba y de quién sabe qué otras cosas, yo pensaba en el significado de la vida y de cómo termina. Pensaba y sonreía mientras ella hablaba para que no me viera llorar, dejando que el tiempo pasara sin notarlo.

De pronto salté, luego de recordar que tenía que ver a los demás pacientes. Me levanté prometiéndole regresar, y cuando terminé mi ronda, me senté en la estación de enfermería a escribir en los récords médicos de los pacientes.

Escribía, cuando sentí como que alguien se había parado frente a mí y levanté la vista. Te imaginarás mi sorpresa cuando vi frente a mí a mi jefe, el doctor Sobrado, quien había venido a supervisar el trabajo y a firmar récords médicos.

-¿Desde cuándo está usted aquí? -me preguntó. Ambos miramos el reloj.
-Hace como dos horas, quizás -contesté.
-Si usted ha estado dos horas en este lugar solo para ver a cinco pacientes, entonces no me es efectivo. No me sirve.

Me asusté pensando que mi trabajo estaba en peligro: no había sido fácil encontrar un supervisor para completar los dos años requeridos antes de obtener la licencia sin restricciones. Intenté defenderme como pude.

-Doctor, lo siento mucho. Esta es mi primera vez en este lugar. La verdad, me entretuve con una de las pacientes que me partió el alma. Aquí se respira soledad y abandono. Una enfermera para quince pacientes y dos auxiliares no pueden dar suficiente calor a estos viejitos. Es una realidad muy triste. Pero no se preocupe, que no me iré de aquí hasta terminar de escribir en todos los récords, a la hora que sea, pero por favor, no me vaya a dejar sin trabajo.

-Usted aún no ha visto nada -me dijo el doctor con la sonrisa del que sabe más por viejo que por diablo-. Estos lugares se han vuelto cada vez más deprimentes. No hay dinero para los programas que los financian. Y mientras más crece la población geriátrica, más les recortan los fondos.

Me parece escucharte diciendo que debo ser tremendo llorón, pero te lo confieso de todas maneras. Aquella noche manejé de regreso a mi casa con un nudo en la garganta, pensando en la vieja que más impactó mi vida, decidido a dedicarle mi trabajo a partir de aquel momento para que menos ancianos tuvieran que pasar lo que pasaba la anciana que acaba de dejar atrás en aquel asilo e aquella noche.

Mi abuela Irene

La vieja a la que me refiero, la que impactó mi vida y a la que dedico mi trabajo, es mi abuelita Irene, quien literalmente murió en mis brazos a los ochenta y ocho años, víctima del cáncer. A ella le voy a dedicar un libro entero unos de estos días, pues su vida no estuvo exenta de controversias e historias increíbles.

Ella era una mujer blanca que dejó a su primer esposo para unirse a mi abuelo paterno, quien era negro, en tiempos en los que no era nada fácil una decisión como aquella. Fue una de las personas que más me inspiró e influyó en mi juventud, y llegué a quererla tanto como a mi madre. Imagínate, que todos los nietos la llamábamos "mamá", mientras que a nuestras madres las llamábamos "mami o "mima".

El día de mi graduación como doctor en medicina, salimos mi madre y yo del acto en el teatro y nos fuimos directamente a la casa donde mis tías Georgina y Aleida la cuidaron durante sus últimos ocho meses. Se encargaban de ella día y noche, pues ya no podía caminar por una metástasis cerebral que había dejado su lado derecho paralizado.

Cuando me vio entrar, diploma en mano y el diploma con el sello de oro en la esquina derecha, comenzó a llorar. Fui el primero de sus nietos en darle un título universitario. Por eso se emocionó mucho. Mis tías también se emocionaron y no pudimos dejar de comentar la alegría que hubiera sido para mi padre ver llegar aquel día. Luego fue como si mi abuela hubiese esperado dos años para morirse. Se fue tranquila, tres meses después de mi graduación.

Dos años antes me había mandado a buscar porque llevaba varias semanas sintiendo algo raro en el estómago. No era tanto el dolor como la sensación de que algo se la estaba comiendo por dentro.

-Si tengo algo malo, quiero que me lo digas, no me ocultes nada -me dijo-. Me molesta ver a la gente muriendo con falta de aire por un cáncer de pulmón y que la familia le diga "es catarro, se te quita pronto". Nadie debe morir sin saber la verdad de lo que tiene.

Y a pesar de la afasia motora que padecía como consecuencia de una metástasis cerebral (condición que impide el lenguaje articulado, pero que no afecta la mente ni el entendimiento), comenzó a moverse, aun sentada en su silla de ruedas. Hacía gestos con la otra mano y entendí que realmente quería que le dijera lo qué estaba pasando con ella.

-Sí, mamá -comencé a obedecerla, entrecortado-. ¿Recuerdas cuando te llevé a hacerte la gastroduodenoscopía? ¿Recuerdas que debimos repetirla porque la biopsia estaba inconclusa y que luego el patólogo nos dijo que, para confirmar la malignidad, necesitaba ver la base del pólipo, pero que ya no quisiste que te metieran ese tubo por tercera vez? Pues parece ser que sí, que es malo y que se te fue a la cabeza. Por eso no puedes hablar bien y tienes la mitad del cuerpo paralizado como si te hubiera dado un derrame. Solo nos queda pedirle a Dios que no te deje sufrir, que no pases dolor. Tú eres cristiana y nosotros no tememos morir porque sabemos que hay una vida mejor después de esta.

Mi abuela asintió con la cabeza y se quedó tranquila.

Tan tranquila, que solo tuvo dolores muy fuertes las dos noches antes de morir. La primera de esas noches fue muy dura, porque no teníamos nada fuerte que darle para el dolor. Yo dormí esas dos noches junto a ella en una camita personal en la que no cabíamos, con tal de estar bien cerca de ella.

Cuando comenzaba a gritar por el dolor, yo la abrazaba fuerte y empezaba a orarle a Dios para que ese momento pasara rápido. La escena se hacía cada vez más fuerte, hasta que amaneció y me fui al hospital para conseguir una ampolla de morfina. La segunda noche el dolor arreció, y ya sobre las cinco de la madrugada decidimos ponerle la mitad de la ampolla porque sabíamos que después de la morfina se iría en pocas horas, pues también sufría de insuficiencia cardíaca.

Cuando le puse la inyección, ella reaccionó al pinchazo con un gesto de dolor, volteó su cara hacía mí y me miró con una expresión que aún tengo grabada en mi memoria, como si me diera las gracias por última vez antes de caer rendida, su cabeza nuevamente sobre la almohada. Su última mirada, su último pensamiento fueron para mí. Cada vez que me entristezco o aflijo por alguna razón, esa escena de mi vida regresa para darme fuerza.

Pero hubo otro momento, unos meses antes de que muriera, que quizás explique mejor por qué hago lo que hago. Fue un día en el que yo llegué a verla después de una guardia. Mis tías acababan de darle la comida y yo quise darle el postre. De repente empezó a llorar, por la impotencia de no poder comer sola.

-No llores -le dije-. ¿Por qué te pones así? Para mí es un honor darte la comida de la misma manera en que tú me la dabas cuando yo era un bebé. Ahora me toca a mí, nos toca a todos. Tuviste diez hijos. Criaste a casi todos tus nietos y a dos bisnietos. Tienes que sentirte orgullosa de que ahora somos tus manos.

Le sequé las lágrimas, la hice sonreír y me atreví a decirle:

-¿Puedo pedirte algo especial? Cuando te vayas a la presencia de Dios, si de veras puedes hablar con Jesús, pídele, por favor, que no me abandone. Que, aunque yo falle, Él permanezca fiel, tal y como dice en la Biblia. Ella sonrió una vez más y asintió con la cabeza otra vez. Murió el 22 de noviembre a las once de la mañana. No despertó después de la morfina y a su memoria he dedicado el cuidado de mis pacientes ancianos todos estos años. No hay dinero que pague este trabajo. Es más fácil atender a niños y a jóvenes y a mujeres bellas que salen contentas después de una sesión de bótox o de plasma rico en plaquetas.

Mientras tanto, a los enfermos ancianos hasta se les olvida a veces decir gracias, y yo los entiendo. Están llenos de dolores y limitaciones por el paso de los años y es frustrante que ya no haya cura para tantas cosas, y que a veces los remedios sean peores que la enfermedad. Por eso, y a pesar de las posibilidades que he tenido para dedicarme a otras cosas en la medicina, no he podido -y no creo que pueda jamás- abandonar a mis viejos.

• • •

Secreto de médico #9

Hay quien vive frustrado porque no pudo estudiar lo que quiso, o ejercer la profesión que estudió, ya sea porque tuvo que emigrar o porque la vida lo llevó por otros rumbos.

Pero yo te digo que todo pasa por algo y que todos estamos exactamente donde tenemos que estar. Yo pensé que iba a ser pediatra toda la vida, pero nunca me resistí a la aventura de ver para qué otra cosa podía ser bueno, en que otra forma podía servir. Y nunca he sido más feliz. Inténtalo. A lo mejor esa otra profesión o trabajo del que estás huyendo terminará siendo el que más satisfacciones y alegrías te traiga.

• • •

Capítulo 10
Iguales y diferentes.

Los seres humanos estamos de madre. Podemos ser hermosos, pero también somos complicados.

A veces el problema es que le tenemos terror a la crítica, a cambiar, a que nos juzguen mal, a ser diferentes. Queremos ser iguales que los demás, porque ser diferentes nos hace menos.

Se nos olvida que Dios nos hizo para que fuéramos únicos. Ni siquiera una gota de agua es exactamente igual a otra. Y aunque esto lo sabemos, se nos olvida, porque somos seres sociales y vivir en sociedad hace que todo el tiempo estemos comparándonos con los demás, moldeándonos para ajustarnos a lo aceptado. De esa lucha por ser, hacer o tener tanto o más que los demás nace la mayoría de nuestras inseguridades, temores y frustraciones. Es así como terminamos dañando nuestra propia autoestima.

Como soy un ser humano como otro cualquiera, esas cosas me caminan por la cabeza igual que a ti, y creo que la combinación de todas esas sandeces fue la que un día me llevó a la consulta de la doctora Vivian González-Díaz.

La conocía desde hacía años, porque a menudo coincidíamos en los eventos sociales de los hospitales en los que ambos teníamos privilegios para admitir y ver pacientes. Recuerdo que cuando ella llegaba a cualquiera de esos eventos, siempre llamaba la atención por su pelo blanco corto, su porte elegante y su mirada penetrante y directa. A mí, por ejemplo, siempre me ha gustado la gente que te mira a los ojos cuando te habla, y siempre que habíamos intercambiado saludo o sostenido alguna conversación, por corta o casual que fuera, había sentido mucha empatía de ella y hacia ella.

Así, y a pesar de que es totalmente cierto que los médicos somos los peores pacientes del mundo, me decidí a buscar ayuda y llegué hasta su consulta. Estaba pasando por un momento muy difícil y necesitaba hablar con un profesional.

Pero, aunque he comenzado este capítulo hablándote de los problemas que trae nuestro miedo a ser únicos, tengo que decirte ahora que ese problema es como una moneda que tiene dos lados. Y el otro lado es el miedo a ser iguales. A no ser diferentes, especialmente si de nuestras propias familias se trata. ¿Cuántas veces has escuchado a tu madre o a tu abuela refunfuñando cosas de vieja y has orado por no parecerte cuando llegues a tener la edad de ellas? ¿Por qué crees que los adolescentes no permiten que sus padres los besen en frente de los compañeros de colegio?

En mi caso, el problema era que tenía miedo de parecerme demasiado a una persona en particular. Te explico: entre mis grandes preocupaciones de aquellos tiempos estaba la posibilidad de haber heredado algún problema mental, sabiendo que generalmente debutan entre los veinte y los cuarenta años de edad, y que yo estaba en ese rango.

Desde niño había sido muy impulsivo. Había tenido pocos problemas en el colegio, pero los pocos que había tenido habían sido por decir cosas sin pensar, por tener una mente que siempre optaba por la acción, por defender mi pensar por encima de todo. Era como si no pudiera parar de argumentar, de soñar, de inventar o de juzgarme a mí mismo. Para colmo, mi madre, a la que respeto, admiro y amo con todas mis fuerzas, me comparaba todo el tiempo con un hermano de ella que había venido para los Estados Unidos junto a mi abuela materna y otros familiares antes de que yo naciera.

Cada vez que yo me ponía bravo por algo, me decía: "Eres igualito a tu tío Ezequiel". Esto es común en las familias, estas comparaciones son hechas inconscientemente, más para enseñar que para herir, sin embargo, pueden llegar a ser muy dolorosas, ¿no es verdad, mi amigo?

Así que ya te podrás imaginar mi confusión cuando llego a Miami con veinticuatro años de edad, ya médico, y me doy cuenta de que mi tío Ezequiel era esquizofrénico o bipolar, o quién sabe si la combinación de ambas cosas, lo que se conoce como desorden esquizo-afectivo.

Déjame contarte un poco sobre mi tío. Ezequiel era más bien bajito de estatura, pero le gustaba andar vestido de guayabera y bien planchado. Era analfabeto y apenas aprendió a firmar su nombre. Nada extraño, si se tiene en cuenta que perdió a su padre cuando aún era un niño y que mi familia materna era muy pobre y no pudo apoyarlo más de lo que lo hicieron.

Ya en Estados Unidos, aprendió mecánica de transmisión de autos y mantuvo el mismo trabajo hasta que se retiró a los 62 años.

De la misma manera que mantuvo ese trabajo todos esos años, cuando se retiró, guardó la promesa que le había repetido siempre a todos los que lo conocían: que cuando se retirara, no trabajaría un día más para nadie. Así fue. De hecho, ahora que lo pienso, era así de inequívoco y grandioso en todos sus pronunciamientos. Tenía delirios de grandeza, a pesar que no tenía ni una cuenta de ahorros en el banco, ni propiedades, ni siquiera un buen salario, y su delirio estaba bien sistematizado. Decía ser el hombre más grande de la tierra y no se podía argumentar con él, porque era irreductible con la lógica y no sabía controlar su impulsividad. Feliz se iba a las manos con cualquiera.

Y cuando te digo que se consideraba el hombre más grande, me refiero a que tranquilamente se pronunciaba en cualquier parte como "Ezequiel I, emperador de Cuba en el exilio".

En el velorio de mi abuela materna, cuando el pastor dijo que ahora su espíritu estaba en la presencia de Dios y con sus ángeles, Ezequiel dijo en voz alta que no era así, que ella estaba durmiendo, y lo siguió diciendo hasta que tuve que calmarlo, sujetándolo por la mano, mi derecha sobre su izquierda, para que permitiera que el pastor terminara su sermón.

Comencé a cuestionar qué cosas podíamos tener en común mi tío y yo, y en realidad lo único, aparte de la impulsividad, era que ambos escribíamos con la mano izquierda, o sea, que éramos zurdos.

No había nada más en común. Ni siquiera nos parecíamos físicamente, pero, así las cosas, cuando traes grabado en el subconsciente por más de veinte años aquello de que eres "igualito a tu tío Ezequiel" y con todas las cosas que estaba viviendo en esos años, decidí ir a la consulta de la doctora Vivian.

-Quiero saber si soy bipolar -le dije, directo y al punto-. En estos últimos años, mi estado de ánimo ha estado en fluctuación constante. Con frecuencia voy de la alegría a la tristeza, o de la excitación al cansancio. Hasta me he cuestionado por qué estoy aquí en este mundo, cuál es mi misión, si es que tengo alguna, y te confieso que por momentos no he tenido ganas de vivir.

Ella me escuchó pacientemente. Luego, me hizo preguntas en un tono muy suave, y por más de una hora me hizo varias pruebas psicológicas.

-Tú no tienes ningún problema mental- me dijo esta vez con tono firme, como quien domina su profesión sin miedo a equivocarse. Tú lo que has tenido es una vida tan intensa, marcada por momentos tan difíciles en edades importantes para la vida, que todo esto ha desencadenado una respuesta. La verdad es que la forma en que has enfrentado cada una de esas pruebas de la vida es coherente con una personalidad sana y muy, muy fuerte. Es normal sentirse triste y llorar, y como psicóloga recomiendo que todo el mundo tenga un terapeuta. A veces usamos a un amigo o a algún familiar, pero en realidad, para tomar decisiones correctas, necesitas a alguien neutral, científicamente preparado, que te ayude a ver las cosas objetivamente. Yo te puedo dar terapia, pero después de conocerte más profundamente, la verdad es que entre convertirme en tu terapeuta o ser tu amiga, quisiera ser tu amiga, porque me encantaría tener un amigo como tú.

Así, Vivian se convirtió desde aquel día en una de mis mejores amigas, aunque te confieso que en más de una ocasión la amiga ha sido mi terapeuta sin proponérselo, y de veras que le ha hecho honor a su profesión.

Pero en aquel momento, el caso era que tenía una nueva amiga, pero seguía necesitando un psicoterapeuta. Fue cuando conocí a un psicólogo cubano que estaba en proceso de revalidar su carrera. Era un excelente psicoanalista, entrenado en argentina, quien me ayudo a cambiar un concepto que yo tenía mal radicado en mi vida. El de la indecisión.

Resulta que mi padre murió en un accidente de bicicleta cuando yo tenía diecisiete años. Dos días después del entierro, a mí me tocaba hablar en la actividad de jóvenes de la iglesia del sábado en la noche, y buscando entre viejas revistas, encontré un artículo escrito por él en los años sesenta, titulado "La indecisión". Lo leí, me identifiqué con él, lo compartí esa noche, y hasta creo que lo internalicé, porque durante los veinte años que siguieron, viví pensando que era la persona más indecisa del mundo, que no sabía lo que quería, y que no podía tomar decisiones correctas, siempre consultando mis asuntos de importancia con Raimundo y todo aquel que quisiera escucharme. Te imaginarás que, irremediablemente, terminaba más confundido que antes de preguntar, pues siempre que preguntas sobre algo que no es matemática, vas a escuchar respuestas diferentes. O sea, todo lo que no es objetivo es subjetivo, y sujeto a interpretación.

Fue en la tercera sesión de psicoanálisis cuando logré sacar esa idea de mi subconsciente.

¿Cómo era eso de que yo era indeciso, si a mis 37 años había logrado casi todo lo que había querido ser, hacer o tener en mi vida? y lo había hecho como dice la canción: ¡A mi manera! Ese día entendí lo vulnerable que somos ante tanta información que recibimos continuamente, ya sea de la escuela, de la iglesia o de la familia. Entendí también que muchos de nuestros temores y fobias vienen de mensajes subliminares que llegan a nuestra mente consciente o subconsciente y se quedan como afirmaciones negativas.

No podemos culpar a nadie por eso. Nuestros padres recibieron la misma herencia de afirmaciones negativas y nosotros las heredamos de ellos. La única forma de liberarnos de ellas es darnos cuenta de que nos afectan y buscar ayuda. De lo contrario, seguirán dañándonos hasta afectarnos físicamente, pudiendo incluso llegar a matarnos en vida. Créeme que no exagero sobre esto último. ¿A cuánta gente conoces que vive así, muerta en vida? Es una de las razones por las cuales, luego de acariciar la idea durante años, decidí escribir algunas de estas historias que han marcado mi vida en este libro, para que, como dice el dicho: Lo que no nos mata nos hace más fuertes, y yo sé que nadie escarmienta por cabeza ajena, pero en el mundo actual debemos aprender de las equivocaciones de los demás, porque las nuestras pueden llegar a ser muy costosas.

Hablando de costos, volvamos al principio. ¿Recuerdas que te decía que el otro problema es nuestro miedo a ser únicos? ¿Nuestra reticencia a atrevernos de una vez y por todas a ser quiénes somos?

Pues un día, hablando sobre este tema, una amiga me preguntó: "si Dios existe, ¿por qué no hizo a todo el mundo del mismo color y evitó tanta discriminación? ¿Por qué todos no somos negros o blancos o amarillos? Sería más fácil la vida".
-Esa pregunta debería contestarla Dios, no yo -le dije.

Y es que pienso que el mundo es mucho más lindo con todas esas diferencias. Somos nosotros los que no valoramos eso.

Los grandes problemas en nuestra vida vienen cuando queremos imitar, copiar, ser como los demás. Es entonces cuando llega la envidia que, dicho sea de paso, fue la causa de la primera muerte en el mundo, según la Biblia. Un hermano mata al otro porque su ofrenda a Dios no fue aceptada como la de su hermano.

Con tristeza recuerdo a un colega médico que vivía pendiente de todo lo que yo hacía y lograba en mi carrera. Juntos habíamos ido a buscar la licencia médica a Tallahassee, la capital de la Florida, pues podía tardar varias semanas en llegar por correo y, si íbamos en persona, nos la entregaban el mismo día. Como no teníamos dinero, nos fuimos en autobús. Salimos sobre las cinco de la tarde y llegamos al otro día a las seis de la mañana. Entramos al baño público de la terminal de autobuses a lavarnos la cara y los dientes y de ahí fuimos al departamento de regulación profesional. Ya al mediodía teníamos la licencia en mano, y creyéndonos "alguien", nos fuimos al aeropuerto y pagamos un boleto de regreso a Miami que costó más de doscientos dólares. Usamos una tarjeta de crédito y nos dijimos, "ya tendremos con qué pagarla".

Cuando llegamos a Miami, ya yo tenía trabajo en la clínica de la familia judía que me dio los privilegios de admitir pacientes en su hospital cuando nadie me conocía. Aún hoy los admiro y respeto, porque levantaron un imperio de la nada y dieron vida, en todo el sentido de la palabra, a mucha gente en Miami.

Pero mi colega se sentía frustrado porque quería trabajar en hospitales, y, a pesar de que había pasado los exámenes de medicina en inglés, tenía miedo de hablarlo y eso lo frenaba de trabajar en ellos.

A mí me favorecía mi entrenamiento pediátrico de Cuba, ya que, trabajando en la clínica, me traían niños de todas partes de la ciudad.

Mi colega solo podía ver adultos, y la verdad la tuvo muy difícil con la ola de fraude en la que tuvimos que nadar los profesionales serios en Miami en aquellos años. Llegó a vivir fajado con todo el mundo y con dificultad para conseguir trabajo. Confieso que hubo momentos en que rehuí contestar el teléfono cuando me llamaba, porque me sentía impotente para ayudarlo y no quería terminar amargándome con cada queja -justificada o no- que escuchaba de él.

Con el tiempo, ya ni disimulaba vivir pendiente de mis participaciones en televisión, fuese en "Caso Cerrado" o en otros programas. Entre crítica y crítica "constructiva", en más de una ocasión me pidió trabajo. Yo se lo hubiese dado. El problema que siempre he tenido es que muchos de mis pacientes llegan a mi consulta porque me han visto en algún programa, conferencia o video por internet, e insisten en que los vea yo. Por eso, a pesar del crecimiento de mi práctica, se me ha hecho imposible emplear a un segundo médico. Fue lo que tuve que explicarle a mi colega, aunque nunca sabré si me creyó.

Pasado el tiempo, y para mi gran tristeza, un amigo que teníamos en común me contó que, después de varios meses ausente de la gente y del trabajo, mi colega se quitó la vida dándose un tiro en la cabeza.

Por respeto a su viuda e hijo, de quienes no he vuelto a escuchar, no revelo su nombre y confieso que no pretendía hablar de esto hasta que vino a mi memoria mientras escribía este capítulo. Solo te cuento esto porque creo que parte de la frustración y del dolor que lo llevó a darse por vencido ante la vida tuvo que ver con eso de sentirse diferente, menos que los demás, menos exitoso. Pero todos somos únicos. Quizás era el mejor hijo que jamás había existido, el mejor guitarrista, el mejor padre, el mejor esposo. Quizás Dios le había dado la voz más melodiosa. ¿Quién sabe cuál era su regalo único? Quizás el que no consiguiera trabajo en hospitales era un designio que lo llevaría al lugar en el que descubriría su destino. ¿Quién lo sabe? Nadie. Ya nadie lo sabrá. Solo Dios lo sabe.

Yo, por lo contrario, repito lo que muchos ya saben, que el que imita, fracasa.

No tengas miedo de ser diferente. Es lo que te hace único. Lo que te hace un ser auténtico.

Así dice Jehová, creador tuyo: "Todos los llamados de mi nombre; para Gloria mía los he creado, los formé y los hice". Isaías 43.7

· · ·

Secreto de médico #10

Como médico, no tengo reparos en decirte que, si el cuerpo es importante, sin la mente no somos nada.

Busca ayuda cuando la necesites. Si crees que "estás muy mal" o que "estás viejo ya" o que "te estás muriendo" o que "no eres normal", no te quedes dentro de tu cabeza repitiéndote historias a ti mismo. Busca ayuda profesional. O si no tienes acceso a ella, habla con amigos, familia, un sacerdote, un maestro, alguien. Empieza por alguna parte. Confronta esas historias que te hacen daño. Examínalas a la luz del día. En la oscuridad de la mente solitaria, esas cosas que nos decimos cuando nos sentimos mal tienden a crecer, a engordar, y poco a poco adquieren la capacidad de destruir al más fuerte y cuerdo de nosotros.

• • •

Capítulo 11
La medicina en peligro.

Bien, es verdad. ¿Estás contento? No, claro que no. Lo que sospechas, lo que has sospechado siempre, es verdad. La ciencia está en peligro. ¿Por qué? Por lo de siempre. El dinero. El maldito dinero. O el bendito dinero, según lo mires, según quién lo tenga, y según lo que haga con él, quien lo tenga.

Por mi parte, es una de esas cosas que nunca esperé: Que la verdad pudiera ser tan fácilmente manipulada, tergiversada y puesta al servicio de intereses creados.

Esa también es la verdad.

Aquí te voy a contar algunas cosas que quizás ya sepas o sospeches. No te sentirás mejor. A menos que seas unas de esas personas que deriva tremendo placer de decir: "Lo sabía. ¿Acaso, no te lo dije, Pepe?".

"Sí, Mima, me lo dijiste", dirá Pepe.
"Cuántas veces te lo dije, que no era posible que un frasco de medicinas tan pequeño costara tan caro, a menos que alguien se estuviera metiendo el dinero en su bolsillo".
Pepe ya no responderá más.

Y si eres Pepe, lo que te voy a contar no te va a hacer sentir mejor, porque no hay señales de que la cosa esté por mejorar.

Pero si eres Mima, sigue leyendo, pues estoy a punto de darte muchas herramientas con las cuales hacerle la vida un yogurt al pobre Pepe.

Cuando descubrí mi vocación por la medicina, a los siete años de edad, las palabras "curar", "sanar" y "mejorar" eran la más cercana representación gramatical de mis sueños.

Hoy en día, esas palabras han sido intercambiadas por versiones mucho menos excitantes como "remisión", "control", y mi nueva favorita: la frase "condición estable".

Otras cosas han cambiado, y a lo largo de nuestro camino, ha habido intentos por mantener una semblanza de ética. Hace unos años, por ejemplo, la Organización Mundial de la Salud (OMS) pidió a los científicos que fueran imparciales, que se comprometieran a no dejar que la información se viera afectada por intereses económicos. Incluso hoy en día, como regla general, cuando un científico dicta una conferencia o publica una investigación, tiene que declarar cualquier vínculo comercial con la industria farmacéutica como cuestión de ética profesional.

Por ese mismo estilo, el doctor Rojo Concepción solía decir que, cuando salía un estudio nuevo había que ver quién lo hacía para estar seguros de que se trataba de un estudio serio. En esos años, los estudios hechos por universidades eran más respetados. Eso ha cambiado, porque ahora también hay universidades que reciben dinero de las farmacéuticas.

Otra de mis maestras en pediatría nos decía: "Lo que hoy es una gran verdad, mañana puede ser una gran mentira" y en veinticinco años he visto cómo cambian los conceptos. Nos estaba queriendo decir que todo tenía que ser juzgado según de quién venía, según el contexto del tiempo y de la era, y según los intereses que habían mediado en la recaudación de la información, o sea del prisma o el lente con el cual se habían mirado los datos y elaborado las preguntas para llegar a las conclusiones. Es como decía tu mamá, todo es según el cristal...

Hasta aquí todo muy bien. Pero. Pero. Hay algunas cosas que no son tan transparentes como quisiéramos y no soy el único profesional de la salud que ha expresado estas preocupaciones.

Uno de esos asuntos que preocupa es el hecho de que la mayoría de los medicamentos aprobados hoy en día son hechos para tratar o controlar síntomas, pero no curan nada.

Por ejemplo, las medicinas para la acidez, que tan comúnmente usamos todos, nos quitan el síntoma molestoso, pero nos dejan sin la posibilidad de averiguar la causa que la produjo y así vamos por la vida, por años comiéndonos el agente causal.

Omeprazole, el antiácido más usado en el mundo por los últimos treinta años, así como sus competidores lansoprazole, esomeprazole, pantoprazole, etc., ha sido el responsable de disminuir los sangramientos intestinales por úlceras, pero también es la causa de otros problemas: deficiencias de vitaminas y minerales, aumento de la osteoporosis y fracturas atípicas, más recientemente, un estudio reveló un aumento de riesgo en la enfermedad de Alzheimer cuando se usa por tiempo prolongado.

Hablando de la osteoporosis, por años se ha promovido el uso de los biofosfonatos (alendronato, risedronato, ibandronato) como los grandes preventivos de las fracturas de cadera y columna vertebral. Luego llegó la inyección de teriparatide, un derivado de la hormona paratiroidea que, a diferencia de los anteriores, puede regenerar el hueso, mientras que los otros solo disminuyen su pérdida. Pero en realidad, y aunque algunas autoridades dicen que la osteoporosis no ha disminuido porque los pacientes rechazan estas medicinas por sus efectos adversos, lo que verdaderamente ha impactado en la medicina moderna es la rapidez con que un cirujano ortopédico pone una prótesis de cadera y los tratamientos actuales en los que cementan las vértebras lumbares fracturadas por compresión para estabilizar la columna vertebral y manejar el dolor y la locomoción.

Antiguamente, se decía que los viejitos morían de las tres C: catarros, cagaleras y caídas. Hoy día, la mayoría de las fracturas de cadera se operan y ya no están entre las primeras tres causas de muertes geriátricas. Y no precisamente por pastillas o inyecciones.

Otro tema que enciende la controversia son las medicinas para bajar el colesterol. Por más de veinte años, la propaganda ha sido tan fuerte ,que la mayoría de la gente asocia colesterol alto con infarto cardíaco o cerebral, a pesar de que estudios serios han demostrado que la mitad de los pacientes infartados tiene el colesterol normal o estaba tomando la medicina cuando les sobrevino el evento. Y aunque prácticamente se sigue insistiendo en generalizar su uso para bajar el riesgo de mortalidad cardiovascular, hoy se sabe que las estatinas (Atorvastatin, Lovastatin, Simbastatin, etc.) también afectan el hígado, el riñón, los músculos, y hasta el cerebro.

No podemos olvidar que el corazón es un músculo y que, cuando un viejito tomando estatinas se cae, tiene un alto riesgo de rabdomiolisis (ruptura de músculos con fallo agudo del riñón). Recientemente, la misma FDA dijo que no hay estudios que avalen el uso de estatinas después de los 74 años de edad, y hace un par de años había advertido sobre los riesgos de pérdida de la memoria con su uso. Algunos expertos han recomendado usarlas en días alternos, o en dosis bajas para aquellos con alto riesgo y dolores musculares. También han reconocido los beneficios de añadir antioxidantes como la coenzima Q10, bien conocida por quienes practican medicina natural. Cambiar el estilo de vida, nuestra dieta, nuestra actividad física o manejar el estrés apropiadamente siguen siendo los pilares para bajar el riesgo cardiovascular, y son los avances en cardiología, los cateterismos y las cirugías de revascularización, cada vez menos invasivas, los que están impactando significativamente en los resultados y la prolongación de la vida.

Otro tema en cuestión es la hipertensión arterial. Por la década de 1980, existía una clasificación usada internacionalmente de hipertensión de acuerdo con la edad. Hoy día, esos valores están obsoletos y prácticamente a cualquier persona con más de 140/90 ya se le recomienda empezar a tomar una medicina. En mi opinión, esta pudiera ser la causa del incremento en demencias vasculares de los últimos años. Fíjense si es así, que casi todos las tomografías computarizadas o resonancias magnéticas cerebrales en mayores de sesenta años que han estado tomando pastillas para la hipertensión por más de veinte años vienen con cambios isquémicos crónicos. A menudo les explico a mis pacientes que, cuando la presión sistólica o máxima esta elevada en la noche, es precisamente para mantener la circulación general a todos los tejidos mientras estamos en reposo.

Pero la gente le teme porque creen que les puede dar un derrame. Por eso, suelo decir a mis pacientes que la circulación es como un acueducto. Las tuberías van disminuyendo en diámetro para mantener la presión y que la sangre llegue al final y riegue todos los tejidos. A los setenta no se puede pretender tener la misma presión que a los veinte. El envejecimiento, aunque odiado por todos, es un proceso irreversible: Podemos retrasarlo, mas no evitarlo, y al final, nadie ha podido escapar de la muerte. Por tanto, cuando la presión sistólica o máxima está alta pero la diastólica o mínima está normal, hay que tener cuidado con tratar de bajar la máxima, pues si la mínima baja más, también disminuye la circulación cerebral y causa muerte neuronal y demencia.

Se ha dicho que la hipertensión arterial en los adultos es en el 80% de los casos idiopática o esencial, lo que significa que no se conoce la causa y es más bien genéticamente heredada. Sin embargo, la mayoría de los hipertensos que veo en consulta (sobre todo después de los 65 años de edad) tiene factores de riesgo identificables en su hipertensión, tales como la obesidad, inflamación, estrés, pero con la práctica de la medicina defensiva es más fácil darles un medicamento que animarlos a hacer una dieta para bajar de peso y cambiar el estilo de vida.

Recuerdo haber escuchado a una de mis maestras decir que, cuando la hipertensión es más sistólica y emotiva, es más fácil darles un meprobamato, que tiene efecto contra la ansiedad y relaja la fibra muscular lisa del vaso sanguíneo, pero ya ni los seguros quieren cubrirlo por considerarlo obsoleto, y hasta se ha rumorado que lo sacarán del mercado en algún momento por no tener estudios recientes que lo avalen. Y claro, estudios nuevos no se harán porque, al ser una medicina muy barata, no está en el interés de la industria seguir produciéndola.

No es mi intención sembrar el pánico entre mis seguidores. Créanme que a veces peco de optimista, pero la verdad que mientras crecía soñando con ser médico, y luego mientras estudiaba medicina, nunca pensé que vería ni viviría lo que en este libro he contado. Ver una carrera tan linda convertida en una máquina de la que todo el mundo hace dinero ha sido difícil, y luego, si no aprendes a manejar tu empresa, puedes terminar en bancarrota, y los que prefieren trabajar para una clínica o ser empleados de una organización, tienen que aceptar las condiciones que ponen sus dueños o administradores, los cuales anteponen la economía a la necesidad médica. ¿Por qué no lo harían?

Hace unos años, un paciente abogado defensor en casos criminales defendió a unos médicos que fueron encausados por fraude en una clínica de tratamiento de VIH, y me contaba cómo sus dueños se declararon culpables y cooperaron con la fiscalía en contra de su cliente para rebajar su condena. Su mayor sorpresa fue verlos delante del juez el día de la sentencia diciendo: "Señor juez, cuando abrimos la clínica, usamos nuestros ahorros para ayudar a los pacientes con sida. Nunca pensamos que nuestros empleados estuvieran robando. Nosotros no somos médicos y solo lo hicimos para ayudar a nuestra comunidad. La verdad es que estamos avergonzados".

A ellos les rebajaron la sentencia e imagino que pudieron guardar mucho del dinero que se robaron en cuentas de otros familiares. A los médicos les cayó todo el peso de la ley, y nunca más podrán volver a ejercer la profesión.

Un médico no puede ser dueño de un hospital ni de ninguna institución médica a menos que renuncie a ver pacientes para quedarse solamente como ejecutivo, pues la ley lo establece así. Aunque parece justo, eso trae una implicación, pues tienes a gente que dirige sin tener conocimiento médico, que se enfoca en el manejo económico, como negocio, de la institución. Para ellos, el éxito es hacer dinero más allá de las necesidades de los pacientes, y por eso, muchos pacientes se quejan de la falta de sensibilidad en la medicina moderna.

Como consecuencia de esta locura, la ciencia avanza, los costos suben, y ahora, para tratar de controlar el gasto, han creado compañías intermediarias de pre-autorización que muchas veces incurren en más gastos innecesarios.

Tuve un caso de un paciente que vino a verme porque tenía una secreción por la uretra y no había tenido relaciones sexuales con nadie. Cuando lo interrogué, recordó que había tomado antibióticos dos semanas antes por una infección dental. Eso me hizo pensar rápidamente en una candidiasis y le tomé un cultivo, pero como estaba incómodo por los síntomas que tenía, decidí empezar a tratarlo con Diflucan (fluconazole). A la mañana siguiente, al entrar a la oficina, me encuentro en el fax una orden de pre-autorización. Tomé el papel para contestar las preguntas y, para mi sorpresa, todas las respuestas eran no. El paciente no tenía VIH, no estaba inmuno-deprimido, etc. Lo llamé para decirle que, en concordancia con lo que yo estaba respondiendo, no le aprobarían la medicina.

-No te preocupes. Ya la compré, porque estaba desesperado. Nunca he tenido algo así saliendo por mi pene.

-¿Cuánto pagaste? -le pregunté.

-Como 35 dólares. Eran cinco tabletas. Pagué siete dólares por tableta. Y, por cierto, muy buenas, porque anoche me tomé la primera y ya hoy amanecí mejor.

-Qué bueno. Me alegro -le dije-. En cinco días debe estar el cultivo.

Al quinto día recibí una llamada de una compañía intermediaria de manejo de medicamentos que quería venir a Miami para darme un taller sobre los usos del fluconazole.

-Es algo educacional -me dijo la muchacha muy amablemente.

-¿De dónde me llamas? -le pregunté.

-Nuestras oficinas están en Tampa, Florida.

-Espérate un momento, por favor. Déjame verificar algo.

Me fui al archivo de resultados de laboratorio y ya estaba el cultivo positivo con ligero crecimiento de *Cándida albicans* de mi paciente. Regresé al teléfono.

-Yo no puedo creer que tu empresa sea capaz de enviarte a Miami, pagarte un boleto de avión, hotel, auto alquilado, almuerzo, solo para enseñarme las indicaciones de un medicamento que ha sido apropiadamente prescrito y por el cual el paciente pagó 35 dólares, porque lo necesitaba urgentemente, y ustedes no quisieron cubrirlo sin previa autorización.

Por situaciones como esta es que la ciencia está en peligro.

¿Te quedó claro?

. . .

Secreto de médico #11

El único secreto que puedo compartir contigo aquí es que, si tú estás frustrado, tu médico está tan frustrado como tú, aunque no te lo diga. Tenemos que ponernos creativos, dentro de la ley. Siempre pregunta a tu doctor cuál es la alternativa más económica, no consumas medicamentos por gusto. En este clima en el que los intereses económicos priman más que la salud, a menudo menos, es más.

• • •

Capítulo 12

Dos amigos se van.

No quiero terminar este libro sin dedicar un espacio a quienes se convirtieron en las personas más influyentes de mi vida: Dos amigos, mejores amigos, de dos etapas diferentes de mi vida. El primero fue mi mejor amigo desde la adolescencia, pudiera decir que uno de mis mentores, alguien a quien siempre admiré. El segundo fue mi mejor amigo de los últimos 20 años y mi paño de lágrimas por decirlo de alguna manera pues vivió conmigo casi todas las historias que aquí he contado.

El primero perdió la batalla contra un tumor cerebral maligno. Dos años y dos meses estuvo peleando contra este terrible mal que le hizo perder la visión y lo dejó sin poder caminar en sus últimos meses de vida.

La mañana del domingo 18 de agosto de 2014, yo había ido a la iglesia con mi madre y encontré un asiento en la banca al lado de él y de su esposa y le dije:

-¿Hoy no es tu cumpleaños?

Y respondió riendo como siempre:

-Siempre se te olvida. Fue el viernes dieciséis, hace dos días.

-Entonces, cuando salgamos de la iglesia, te invito a almorzar por tu cumple.

Y me contestó:

-No, yo soy quien te voy a invitar porque estoy contento que has logrado que mi esposa baje de peso con la dieta que hacen en tu oficina, y como no quisiste cobrarle, me toca a mí pagar el almuerzo, aunque sea.

Nos fuimos a Benihana, en Coral Gables, su restaurante favorito, pues él era muy selectivo a la hora de comer y le gustaba ver que cocinaran delante de él. Siempre pedía el mismo chef. Esa tarde, hablamos mucho y nos pusimos al día en cosas de familia que hacía tiempo no compartíamos. Terminó la cena y cada uno regresó a su rutina. Yo tenía que pasar visita por el hospital ese día, y él regresó a casa para una siesta porque luego tenía ensayo del coro de la iglesia. Fue esa noche cuando, al terminar el ensayo y levantarse del asiento, le dijo a la esposa:

-Espera un minuto, que acabo de sentir que se apagó la luz del lado izquierdo, y no veo bien por ese ojo.

Él se había operado recientemente la miopía de sus ojos y pensó que algo raro estaba pasando con la cirugía. Decidió esperar al otro día para que lo viera el oftalmólogo. Cuando finalmente lo examinaron, encontraron algo raro en el fondo del ojo y lo mandaron a Emergencias a que le practicaran una tomografía del cerebro, que mostró un tumor en la región occipital del cerebro derecho, justo en el área de la visión. Cinco días después estaba operado. Luego, la radioterapia convencional por treinta días, más la quimioterapia que acabó con su apetito, a pesar de todos los remedios que le dimos.

No había llegado el primer año cuando hizo su primera recurrencia. La familia lo llevó hasta Houston, Texas para una segunda opinión en un afamado centro de oncología, y al mismo tiempo, se consultó con otro instituto que usa con otros protocolos de medicina natural integrados sin interrumpir los convencionales. Y remitió. Cuando la oncóloga que lo atendía en Miami vio la respuesta al tratamiento, le preguntó que había hecho y le dijeron la verdad. Para sorpresa de la familia, ella se levantó de su escritorio enfurecida y no quiso seguir atendiéndolo, algo que nos dejó con la boca abierta, pues qué importaba cuál fuera el tratamiento si lo más grande que podía suceder era que se curara, una vez más, poniendo de manifiesto cómo los intereses creados y la rivalidad entre especialistas han cambiado hasta la actitud que tenemos frente a los desafíos de la medicina.

De cualquier manera, estaba para cumplir su segundo año en remisión cuando volvió a recaer, justo unos meses después de entregar a su hija en matrimonio, y ya no hubo más que hacer que aliviar el dolor para que no sufriera en su partida.

De él aprendí su valor para enfrentar la vida. No les tenía miedo a las deudas. Fue quien me ayudó a establecer el crédito en Estados Unidos. Recuerdo que un sábado en la tarde llegué a su casa oliendo a gasolina, porque andaba en un carro muy viejo que tenía un escape de combustible por algún lugar, y me dijo:
-¿No te da pena llegar así a casa de los clientes?
Más que una pregunta, fue una terapia de choque, para romper mi conformismo. Para ese entonces, yo iba a las casas a sacar sangre a personas que estaban intentando comprar un seguro médico.
-Claro que me da pena y me paso todo el tiempo excusándome -le respondí-. Pero no puedo hacer otra cosa. Estoy reuniendo dinero para comprarme otro carrito.
-¿Cuánto has reunido? -preguntó incisivo.

-Tengo dos mil dólares, pero para comprar algo que valga la pena necesito un poco más.

-Dos mil, puedes darlos como pago inicial y sacar un carro nuevo con un pago mensual por cinco años. Tú no sabes nada de carros, y quien se compra un carro viejo, se gasta lo mismo todos los meses en arreglos que pagando la cuota mensual. Si tú no puedes pagar 300 dólares mensuales para tener un carro decente del cual depende tu trabajo, entonces, ¿para qué te sirve el trabajo?.

-¿Y con qué crédito voy a sacar un carro nuevo?

Yo solo tenía una tarjeta de *Circuit City* (una tienda de efectos electrodomésticos que ya ni existe) gracias a que él había sido mi *fiador de crédito o "co-signer"*. De hecho, con esa tarjeta, me había comprado el primer televisor que tuve en Estados Unidos.

-Ve y busca el dinero y vamos a la tienda de autos donde yo saqué mi carro, que tengo un buen contacto, un vendedor brasileño, a ver si te puede ayudar.

Esa noche saqué mi primer carro nuevo: un Honda Civic del año 93. Él fue mi *fiador de crédito* una vez más, y lo pude pagar durante cinco años sin fallar un mes.

Pedro fue mi mejor amigo desde los trece años de edad. Fue un amigo incondicional y una inspiración en mi vida.

Cuando un amigo se va, puede quedar un vacío en el alma, pero también quedan los recuerdos de haber pasado momentos maravillosos, de haber estado ahí para ellos y, quién sabe si desde donde están, ellos siguen trabajando como ángeles que andan alrededor de los suyos. Nos conocimos estudiando juntos para revalidar los estudios de medicina. Era muy buen cirujano plástico. Me confesó un día que no le gustaba tanto la medicina como realizar operaciones, lo cual tomé como una confirmación más de que esta profesión es, además de una ciencia, también un arte.

Otro ejemplo de luchador incansable, fue mi segundo y mejor amigo. Con una actitud ante la vida que, quienes lo conocíamos de cerca, no podíamos sino envidiar- Había pasado muchas necesidades desde niño junto a su familia. Era hijo de un preso político y a su madre, sola con tres hijos, le tocó sacarlos adelante. Era el mediano entre sus dos hermanas, y casi nunca compraba nada sin antes proporcionarle lo mismo a cada una. Si se compraba un Mercedes Benz, quería que sus hermanas también manejaran uno. Era de esos amigos expertos en toda clase de vivencia personal. Su intensa y constante actividad en la vida le daba el lujo de manejar casi todas las experiencias personales. Cada vez que le contaba una queja sobre algo en mi vida, con cariño me decía:

-Hazme caso. Eso ya yo lo viví.

Con el tiempo, aprendí a hacer silencio cuando lo escuchaba decir eso, esperando con resignación su acertado consejo. Sabía sacar sonrisas de las oscuridades y era el DJ y el animador por excelencia en las fiestas de sus amigos pues, aunque era cirujano plástico de profesión, su verdadera pasión era la música y quien lo contrataba terminaba llamándolo para la próxima ocasión.

También se convirtió en mi compañero de viaje. Tuvimos la oportunidad de visitar muchos países, pues ambos éramos voraces exploradores, insaciables en nuestra curiosidad por conocer otras culturas.

Pero la vida es dura, amigo, y a veces parte hasta al más fuerte.

Jacinto, como la mayoría de los cirujanos, vivía orgulloso de sus manos, pero como todo médico extranjero que llega a los Estados Unidos con cierta edad, le fue difícil revalidar y prefirió una vía más corta dentro de la medicina; haciéndose enfermero registrado.

¿Te imaginas lo que le hace a la autoestima de una persona pasar de ser una estrella en su país a un ser incapaz en un país extraño, a quien la ley le prohíbe hacer aquello para lo cual nació? No tengo duda de que todo esto comenzó a debilitar el ADN de triunfador de mi amigo.

Aun así, él intentó salir adelante, y como dentro de sus habilidades sobresalía el cuidado de las heridas, consiguió trabajo en un hospital. Prefirió hacer un turno de madrugada, pues tendría que lidiar con menos personas y podría concentrarse mejor en el trabajo. Sin embargo, no había turno que le permitiera escapar por completo de los interminables requerimientos y exigencias relacionados con los récords médicos que recientemente habían comenzado la transición a la era digital.

Y eso sí siempre tuvo Jacinto. Era un perfeccionista. Le gustaba ser detallista con sus reportes, tomarse el tiempo de presentar un cuadro completo de cada incidente aún más allá del horario de trabajo.

Para su sorpresa, recibió una evaluación negativa -y en mi opinión injusta- de sus compañeros, quienes alegaban que no estaba al día con las notas de dichos récords, y por culpa de esa evaluación, no le renovaron el contrato tras finalizar los tres meses de prueba en el hospital.

Eso no lo pudo superar.

Cada vez que un potencial empleador lo entrevistaba y se percataba de sus calificaciones, era la misma historia: estás sobre-calificado para este empleo. Jacinto comenzó a sospechar que dichos empleadores se sentían amenazados y por eso no le daban el trabajo.

Eso, sumado a algunas deudas que tenía y a verse con el bolsillo apretado después de una gran época de bonanza, hizo que se deprimiera. Como dice el dicho: en casa del herrero, el cuchillo es de palo, y la ansiedad le daba por comer, aumentó de peso y a veces andaba disparado de la presión y el azúcar.
-Misa, ¿qué te puedo decir?

Era su expresión cotidiana para resumir el desacierto que se siente cuando algo no tiene solución.

Resultado de la crisis sobretodo emocional por la que atravesaba, estuvimos más de un año sin viajar juntos.

Pero en 2014, recibí la invitación de unas personas cercanas para despedir el año en París, uno de mis destinos turísticos favoritos. Sentí nostalgia no haber viajado hacía tanto rato con él y lo invité a que fuera conmigo.
-Estás loco -respondió-. ¿Con qué dinero?
-No te pregunté si tienes dinero -le dije-. Te estoy invitando. Solo dime si puedes tomarte esos días libres.

Tuve que insistir un poco más para que aceptara. Le expliqué que, de todas formas, yo tendría que pagar por una habitación de hotel, y que el sabía que cuando viajan dos suelen ofrecer un mejor el precio.

El seis de noviembre del mismo año por la mañana, lo llamé para decirle que ya teníamos boletos por Air France. Estuvimos hablando un rato más mientras esperaba un vuelo a Orlando para una conferencia médica. Le conté sobre mis futuros planes de vender mi apartamento pues los gastos por mantenimiento estaban subiendo, y con el dinero que tenía en equidad podría comprar otro menos costoso y salir de algunas deudas que me molestaban y, entre regaños y consejos, me brindó su punto de vista.

El siete de noviembre, Jacinto quería celebrar el hecho de que iba a pasar el fin del año en París. Quizás veía el viaje con un poco de alivio ante tantos problemas económicos del viejo año, y se fue a su centro nocturno favorito, donde solía poner música, el más preciado de sus pasatiempos.

Esa noche, se encontró con amigas de antaño, de la "Clásica 92" una estación radial de onda corta (FM), donde había sido DJ también, y disfrutó mucho el reencuentro con ellas. Se tomaron videos y hasta fotos que subió a su página de Facebook, la cual no actualizaba hacía más de dos años: una prueba de la felicidad que sintió durante ese rato. Se despidió de todos al terminar la fiesta y se fue a su casa a dormir.

Sería la una de la madrugada cuando se acostó y no se volvió a levantar.

Casi a las tres de la tarde del ocho de noviembre, su madre le pidió a su hermana menor que lo despertase.

-Jacinto no se ha levantado en todo el día. Levántalo.

La hermana entró al cuarto y lo vio en su posición habitual de descanso, de lado con la mano en la cara, pero cuando lo tocó, estaba helado y rígido: mi amigo estaba muerto. Pasó del sueño a la vida eterna sin darse cuenta, porque en su rostro, según quienes lo vieron, no pudieron notar ni siquiera una expresión de dolor.

Yo estaba en el aeropuerto de Orlando esperando el avión de regreso a Miami cuando vi varias llamadas perdidas y el mensaje de texto con la desagradable noticia. Sin poder creerlo, devolví la llamada.

-Misa, no podemos llorar en este momento. Necesito que hables con el oficial de la policía que está aquí en casa, para que, como su médico, aceptes firmar el acta de defunción. Ya mi hermano está muerto, y no quisiéramos que lo lleven a hacer una autopsia y lo piquen en vano.

Fue algo que verdaderamente nunca esperé. Con su hermana, escogí la ropa que usaría, su traje favorito que habíamos comprado en uno de los viajes a México. A la mañana siguiente, mientras ella hacía arreglos en el cementerio, me tocó elegir la caja donde hoy descansa su cuerpo. Fue un momento terrible porque no atiné a llamar a nadie para que me acompañara, y la verdad me sentí muy solo, otra vez sin tener a quien contarle un secreto.

A menos de dos meses de su partida, pude vender el apartamento, me liberé de mis deudas, descubrí engaños de amigos que creía fieles y que él cada rato me alertaba. Parecía como si desde el cielo, él estuviera facilitándome la vida. Este no es el concepto teológico que me enseñó la Iglesia, lo sé, pero la medicina acepta como reacción normal al dolor, sentir que nuestros seres queridos están cerca, que nos hablan, que vemos su sombra, que tocan la puerta, en fin , que la vida es un misterio para vivir y no un problema para resolver.

Nunca esperé enterrar a mis dos mejores amigos en menos de un año. Uno inesperadamente, y al otro, irremediablemente después de agotar todos los recursos. Difícil procesar el dolor de la separación. Creo que nadie puede, sobre todo cuando se trata de tus mejores amigos, a quienes a veces no tienes que decirle todo para que lo sepan todo y te sigan respetando, admirando y amando, a pesar de todo.

Secreto de médico #12

No le temas a la muerte. Como médico y como ser humano, me ha tocado estar presente en el momento en que un ser humano pasa a mejor vida. Sé bueno y paciente con tus seres queridos mientras los tienes. Dales comodidad y ayúdalos a tener el menor sufrimiento posible en sus últimos días. A veces solo se trata de una canción, una frazada, unas medias, una visita, aunque sea corta. Que sientan que estás ahí y que los días que vivieron no fueron en vano. Trata también de recordarlos siempre vivos, siempre dándote buenos consejos y animándote, hasta que llegue nuestro día, porque a todos nos llegará ese día, y el miedo no lo ahuyenta. Todo lo contrario, lo acerca más. Esa es, por lo menos, mi corta experiencia sobre el asunto.

• • •

EPÍLOGO

Hasta luego

Y así, hemos llegado al final, amigo mío. Gracias por acompañarme por estas páginas de mi vida, que no las considero biográficas sino lecciones para compartir, a ver si logramos que al revelar estos "secretos" evitemos que otros pasen por experiencias similares, y que al final tengamos mejores opciones de manejar nuestra vida en forma más saludable, sobretodo sin dañar a los demás. Que de estas cosas que nunca esperé, y cómo las sobreviví, encuentres aliento para superar las tuyas. Y, si así ha sido, no dudes en compartirlas también, para que puedas ahorrarles a muchos otros, sus propios dolores de cabeza.

Yo deseo que seas prosperado en todas tus cosas, y que tengas salud, así como prospera tu alma. San Pedro apóstol.

Dr. Misael.

www.doctormisael.com

doctormisael@gmail.com

REDES SOCIALES

Facebook: Doctor Misael González
Twiter: DoctorMisael
Instagram: DoctorMisaelGonzalez

Made in the USA
Middletown, DE
14 August 2017